Amy

La esposa del siciliano

Kate Walker

MARA

HARLEQUIN®
Tiempo para ti®

Editado por HARLEQUIN IBÉRICA, S.A.
Hermosilla, 21
28001 Madrid

LA ESPOSA DEL SICILIANO, Nº 1374 - 1.1.03
Título original: The Sicilian's Wife
Publicada originalmente por Mills & Boon, Ltd., Londres.

I.S.B.N.: 84-671-0281-0
Depósito legal: B-47919-2002
Editor responsable: M. T. Villar
Diseño cubierta: María J. Velasco Juez
Composición: M.T., S.L.
Avda. Filipinas, 48. 28003 Madrid
Fotomecánica: PREIMPRESIÓN 2000
c/. Matilde Hernández, 34. 28019 Madrid
Impresión y encuadernación: LITOGRAFÍA ROSÉS, S.A.
c/. Energía, 11. 08850 Gavá (Barcelona)
Fecha impresion para Argentina:4.2.03
Distribuidor exclusivo para España: LOGISTA
Distribuidor para México: PUBLICACIONES SAYROLS, S.A. DE C.V.
Distribuidores para Argentina: interior, BERTRAN, S.A.C. Vélez Sársfield, 1950. Cap. Fed./ Buenos Aires y Gran Buenos Aires, VACCARO SÁNCHEZ y Cía, S.A.
Distribuidor para Chile: DISTRIBUIDORA ALFA, S.A.

Capítulo 1

ESA noche pensaba decírselo.

Las palabras estaban claras en la cabeza de Cesare. Había tomado una resolución después de mucho tiempo: seis largos años. Demasiado tiempo. La espera había acabado con su paciencia, a veces, llevándolo hasta el límite. Pero esa noche la espera había llegado a su fin. Esa noche, Megan sería suya.

El sonido del timbre de la puerta le sobresaltó un poco. Intentó calmarse porque no quería parecer un policía con una orden judicial; él era el futuro amante que había esperado más de lo que podía aguantar por la mujer a la que más deseaba.

–¡Señor Santorino!

La voz del ama del llaves sonó confundida. Tenía motivos para estarlo. Aunque solían invitarlo con frecuencia por ser un colega y un amigo, normalmente, sus visitas eran concertadas y siempre se le esperaba. Así que, una llegada así, se salía de lo normal.

–No lo esperábamos. El señor Ellis no nos dijo...

–No... –la interrumpió levantando la mano–. Él no podía haber dicho nada porque no lo sabía. No le dije que venía a Inglaterra ni que me iba a pasar por aquí.

–Pero...

La señora Moore dio un paso hacia atrás, pensando que debía invitarlo a pasar, después dudó.

–Me temo que el señor Ellis no está en casa, ha ido a visitar a unos familiares a Escocia. Solo está la señorita Megan.

–¡Ah! ¡Así que está Megan!

Le encantó el tono que le había salido: desinteresado y, a la vez, un poco sorprendido. Al oírlo, nadie pensaría que su visita había sido calculada. Que había ido a Inglaterra sabiendo que Tom estaría de viaje y que su única hija estaría sola en casa.

–Entonces, ¿ya ha vuelto de la universidad?

–Así es. Ya ha acabado la carrera. Volvió el fin de semana... sorprendentemente sola.

–¿Sorprendentemente?

No. Esa pregunta había sido demasiado incisiva, mostraba demasiado interés.

–Sí, pensé que traería a su novio.

Entonces, el ama de llaves se dio cuenta de que dejar al amigo de su jefe en la calle no era lo más apropiado.

–¿Quiere pasar, señor? –dijo, dando un paso hacia atrás–. Estoy segura de que a la señorita Megan le encantará saludarlo.

Para sí, Cesare dudó de que a ella le encantara verlo. La forma en la que se habían separado la última vez que se habían visto, en una fiesta de su padre en Nueva York, le daba pocas esperanzas. Pero cuando decidió hacerle esta visita, tenía la certeza de que superaría cualquier resistencia inicial; sin embargo, la mención de un novio era una complicación inesperada, algo que debería haber previsto.

–Le diré que está aquí.

–¡No!

«Idiota», se reprobó a sí mismo al darse cuenta de que casi se delata. El «no» había sido demasiado rápido, con un acento italiano demasiado fuerte.

Con rapidez, dibujó una sonrisa en el rostro y fijó la mirada en la cara del ama. Era un gesto calculado con el que había derretido hasta los corazones más duros. En ese momento, tuvo el efecto deseado.

–No me anuncie. Me gustaría darle una sorpresa.

–Claro. Está en la biblioteca.

La señora Moore le señaló con una mano hacia el fondo del vestíbulo.

–Seguro que se alegrará verlo. Si quiere mi opinión, está un poco deprimida... demasiado pálida y delgada para mi gusto.

Hizo un esfuerzo por contener su impaciencia. ¿Es que aquella mujer no pensaba irse nunca?

Por fin, la mujer se dirigió hacia a la cocina. Pero justo cuando él iba a echar a andar, se dio la vuelta.

–¿Le apetece un café o un refresco?

–No, gracias. La llamaré si necesitamos algo.

Utilizó el tono que aplicaba a los empleados más difíciles. Un tono duro que exigía obediencia instantánea... y siempre la conseguía. Esa vez también funcionó. El ama asintió y, después, se marchó a paso ligero, con los tacones resonando en el vestíbulo.

«¡Por fin!»

Cesare dejó escapar un suspiro de alivio y, antes

de echar a andar, se pasó las manos por el pelo negro azabache. Era como si el ama hubiera descubierto sus intenciones, la razón por la que estaba allí aquella noche, y se hubiera erigido cono la guardiana moral de la hija de la casa, la defensora del honor de Megan, ante la presión de un hombre con mucha experiencia.

Su boca hermosa adoptó una curvatura cínica al cerrar la puerta con mucho sigilo. No quería que Megan se diera cuenta de su presencia. Quería pillarla desprevenida. Y no era su honor lo que quería robar. Era su corazón.

Megan había escuchado el timbre, pero había decidido ignorarlo. Si era algo importante, la señora Moore iría a buscarla. Si no, ella se encargaría de todo. Desde que se había marchado a la universidad, la mujer sabía mucho más sobre las cosas de su padre que ella misma. Además, no estaba de humor para recibir a nadie.

«¿Qué voy a hacer?»

Con un suspiro, se apartó el pelo cobrizo y apoyó los codos sobre la mesa, ocultando la cara entre las manos. Tenía un libro abierto delante de ella. Había estado pretendiendo que lo leía, pero solo había sido una excusa porque sus ojos, verdes como la hierba, estaban tan anegados de lágrimas que habría resultado imposible leer una sola palabra.

«¿Qué voy a hacer?»

Era una pregunta que se repetía una y otra vez sin encontrar respuesta.

–¿Megan?

La figura que vio junto a la puerta, alta, oscura y devastadora, la dejó petrificada, incapaz de creer lo que estaba viendo.

–¿Cesare?

El corazón le dio un vuelco tremendo. Cesare Santorino era la última persona que había esperado ver aquella noche. La última persona que hubiera deseado ver.

Pero eso no impidió que sus estúpidas emociones se pusieran a funcionar a toda velocidad por el simple hecho de verlo.

Hubo un tiempo en el que había adorado cada centímetro de ese hombre moreno, alto y delgado. Había soñado con perderse un sus brazos y ahogarse en aquella mirada profunda de bronce. La imagen de sus facciones se había clavado en su recuerdo de tal manera que, durante muchas noches, lo último en lo que había pensado antes de dormirse había sido en aquellos pómulos pronunciados, aquella mandíbula angulosa y la devastadora curva de su boca sensual.

–¿Qué haces aquí?

Para su disgusto, su voz iba y venía como si fuera una radio mal sintonizada. Así era como ella misma se sentía, se dijo enfadada.

Pero no era por él.

Lo de Cesare ya estaba superado desde hacía muchos meses, desde aquella fiesta desastrosa en Nueva York donde la había humillado. Antes de aquello, había besado el suelo por donde pisaba; pero aquella noche él le arrancó su devoción y su orgullo y los pisoteó con sus preciosos zapatos hechos a medida.

–Si has venido a ver a mi padre, siento decirte que no está...

–Lo sé –la interrumpió él con el ceño ligeramente fruncido–. He venido a verte a ti.

–¿A mí?

Aquel gesto y el tono de su voz le habían puesto los nervios de punta, erizándole el vello de detrás de la nuca. De repente, fue consciente de las marcas que las lágrimas habían dejado en su mejillas y con torpeza se limpió la cara.

–¿Qué quieres de mí?

Se puso de pie y se alejó de la luz directa de la ventana hacia una zona más umbría de la habitación.

–Nunca pensé que quisieras volver a hablar conmigo.

–¿Por qué no? –preguntó él con un tono de humor que la hizo hervir de furia.

–Dejaste bien claro que no querías perder el tiempo conmigo.

Su sonrisa lenta y sexy provocaba cosas terribles en ella haciendo que su compostura se tambaleara.

–Oh, Megan, *cara*, no estabas en condiciones de pasar el tiempo con nadie.

–¡Solo había tomado una copa o dos de champán!

Lo que no podía admitir era que no había sido la bebida espumosa la que la había embriagado, sino el impacto de su presencia, elegante y distinguida hasta más no poder.

–O tres o cuatro... –continuó Cesare–. Y el problema era que estabas endiabladamente atractiva en aquel estado. ¿Te haces una idea de lo dulce y seductora que estabas con aquel vestido que se te resbalaba por todas partes?

–¿Dulce y...? –repitió Megan, totalmente desconcertada.

¿Había realmente dicho lo que ella había escuchado? ¿Había realmente utilizado las palabras «dulce» y «seductora» para describirla a ella? A pesar de lo triste que estaba, aquellas palabras despertaron algo en ella. Algo que creía que había muerto hacía mucho tiempo. Algo que aún perduraba en su corazón.

–¡Me estás tomando el pelo!

–En absoluto.

Cesare meneó la cabeza, moviéndose por fin, cruzando la habitación como un gato montés.

–Eso fue todo lo que se me ocurrió hacer para mantener mis manos alejadas de ti.

Lo único que salió de la boca de Megan fue una especie de bufido poco femenino que indicaba lo cínico que encontraba ese comentario.

–¡Oh, claro! Te resultaba tan difícil contenerte que me dejaste de lado como si apestara. Después, me... me ignoraste durante el resto de la noche.

Megan pestañeó confundida mientras Cesare negaba con la cabeza.

–No –negó con firmeza–. Era imposible ignorarte, por mucho que lo hubiera intentado. Nunca he podido ignorarte. Desde la primera vez que apareciste en mi vida, cuando eras una jovencita preciosa de trece años, no he podido apartar los ojos de ti.

Todavía no podía. Si ella estaba en una habitación, sus ojos solo miraban en una dirección. Era como una chispa, tan brillante que a veces lo cegaba. Y lo peor de todo era que nunca lo había admitido.

Hasta ese momento.

Y ahora era mucho más adorable. La belleza que ya se preveía cuando era una adolescente se había hecho realidad en la mujer que tenía delante de él. Tenía el pelo cobrizo y los ojos verdes más preciosos que había visto en su vida. Era alta y esbelta, con una curvas perfectas que declaraban su feminidad. Tenía la piel suave como la de un melocotón y los dedos le dolían por la necesidad de tocarla.

Pero se lo había prometido a su padre y le había jurado que esperaría hasta que tuviera veintidós años.

–¡Estás bromeando!

–Nunca bromearía con algo así.

–Cesare...

Megan meneó la cabeza desconcertada. Eso no podía estarle sucediendo. Nada de lo que decía podía ser verdad. Y lo peor de todo, la ironía más grande, era que esas palabras eran con lo que siempre había soñado; aun a sabiendas de que era un sueño imposible.

Había estado locamente enamorada de aquel hombre desde que era una adolescente. Pero era ocho años mayor que ella; un hombre de negocios sofisticado y cosmopolita. Era el dueño de una multinacional enorme de la que la empresa de su padre era un minúsculo componente.

–Deja de tomarme el pelo.

–¿Qué te hace pensar que te estoy tomando el pelo?

Al mirar su cara morena e inescrutable, casi podía creer que decía la verdad. No había ni una pizca de humor en aquellos ojos abrasadores, ni rastro de una sonrisa en su boca sensual.

–Pero tienes...

–No, *cara*. Te estoy diciendo la verdad.

–No puede ser.

Toda la fuerza desapareció de sus piernas y se dejó caer en el sillón más cercano.

–No te creo.

–Créeme.

¡Oh, aquello era lo peor que le podía pasar!

Él se inclinó sobre ella con las manos apoyadas en los brazos del sillón, aprisionándola. Solo podía mirarlo a los ojos, pero estos la estaban quemando como la lava de un volcán. Lo tenía tan cerca que su aroma la estaba intoxicando. El corazón le latía a toda velocidad y sentía que le costaba respirar.

–No me hagas esto, Cesare. ¿De qué se trata? ¿Un nuevo juego divertido? ¿Te divierte atormentarme, mentirme? Porque...

–¿Serviría si te dijera que ahora no te estoy mintiendo, pero que antes sí lo he hecho?

–¿Antes?

Parecía que con cada palabra que decía la situación se volvía más y más extraña. Era como si el Cesare Santorino que ella había conocido hubiera desaparecido y hubiera sido reemplazado por una persona totalmente distinta.

–¿Antes cuándo?

Se le había secado la boca y le costaba hablar.

–Cuando te dije que no me interesabas. Cuando actué como si me aburrieras. Cuando...

–¡No...! ¡Basta ya...! ¡No, no, no!

Megan se tapó los oídos con las manos y después se cubrió la cara.

–¡Basta ya! –murmuró tras sus manos–. Esto no es justo...

El año pasado, cuando cumplió los veintiún años, le hubiera encantado oír aquellas palabras. Durante las navidades, e incluso, en aquella fiesta horrible de Nueva York su corazón habría saltado de gozo. Pero ahora... era demasiado tarde.

En cualquiera de aquellos momentos, no se le habría ocurrido soñar con nada mejor. Pero ahora, era lo peor que le podía pasar. Porque si lo que Cesare decía era cierto, dejaría de serlo en cuanto se enterara de...

–¡Basta ya! –repitió con más energía.

–*Mi dispiace*... Lo siento.

Había actuado demasiado rápido, se dijo Cesare con un reproche. Pero en cuanto la había visto, después de seis meses, había perdido todo el control. Llevaba seis largos años controlándose y ya no había podido aguantar más.

–Perdóname, Megan...

Su tono sonó tan emocionado que Megan se apartó las manos de la cara para mirarlo.

–Tienes razón –dijo mientras se incorporaba–. Nunca debí bromear con eso.

Eso era lo que ella había pensado, se dijo a sí misma mientras él se dirigía hacia el otro extremo de la habitación. Todo el tiempo había sabido que no podía ser verdad.

Aun así, le había hecho mucho daño. Muchísimo. Sobre todo después de lo que le había pasado con Gary; la manera en que este se había comportado y las consecuencias de lo que había hecho.

–No importa –consiguió decir ella–. Después de todo, es algo que podía esperarme de ti. Pero ahora que ya te has divertido, por favor, déjame sola.

–¿Divertirme? ¿Crees que me estoy divirtiendo? ¿Que estoy jugando contigo?

Ella levantó la barbilla.

–¿Qué otra cosa si no?

–¡La *verita*! –le disparó Cesare–. ¡Te estoy diciendo la verdad!

Aquello era demasiado. Estaba llevando su broma demasiado lejos y ella no estaba en condiciones de soportar aquella nueva forma de tortura.

–¡No me hagas esto! –gritó con dolor.

–¿Qué pasa? –le preguntó él conmocionado.

Ella solo podía negar con la cabeza; estaba muda y se sentía abatida.

Entonces, él se acercó a ella y con una mano le levantó la cara para que lo mirara a los ojos.

Tenía la cara llena de lágrimas. Lágrimas que corrían a raudales y le caían por la barbilla.

–*Carina*, ¿por qué estás llorando? Meggie... –sin pensarlo, de su boca escapó el diminutivo que ella había utilizado de pequeña–. Dime qué te pasa.

El nombre lo consiguió. Si no la hubiera llamado

«Meggie»... de esa manera. Si no hubiera utilizado ese nombre tan familiar que solo las personas más queridas utilizaban, quizá, entonces, habría podido resistirse.

Pero lo había dicho con un tono y una expresión tan dulce que la había transportado a otra época. Un tiempo en el que siempre era verano, el sol brillaba en el cielo y parecía que nada podía salir mal.

Un tiempo en el que ella soñaba con un futuro feliz... con el día en el que ese hombre la amara.

Entonces, lo supo. Supo que le iba a contar toda la historia.

Capítulo 2

MEGGIE, cuéntamelo –esa vez, no dijo su nombre con tanta dulzura; su indecisión le estaba haciendo perder la paciencia–. ¿Cuál es el problema? Necesito saberlo.

Megan siguió muda, incapaz de decir ni una palabra. El gesto severo de su rostro le recordó al Cesare que ella conocía, al hombre que había temido de adolescente. En aquella época, le había resultado muy fácil dejarla muda, temblorosa, con la cara roja e incapaz de responder a ninguna pregunta que le pudiera hacer.

Y, en ese momento, estaba teniendo el mismo efecto sobre ella.

–Megan...

Esa vez, su tono sonó como una advertencia lo cual empeoró la situación. Lo único que ella podía hacer era sacudir la cabeza, incapaz de encontrar las palabras para responderle.

–¿Se trata de tu padre? ¿Estás preocupada por los problemas que tiene con la empresa?

–¿Te lo ha contado? –preguntó ella, sorprendida.

–Por supuesto que me lo ha contado. Después de todo, soy su amigo.

–¿Te ha pedido que lo ayudes...? ¿Lo vas a hacer?

Estaba empezando a recobrar un poco de fuerza en las piernas y parecía que su cerebro comenzaba a funcionar. Si Cesare estaba dispuesto a ayudar a su padre, a ayudarlo a salir de la casi inevitable quiebra, entonces, una de sus preocupaciones se habría acabado.

–¿Le dejarás lo que necesita?

El cambio en la cara de él le dio la respuesta. Se distanció de ella mentalmente, replegándose sobre sí mismo, antes de alejarse físicamente.

–No –dijo con suavidad.

–¿No? –repitió ella, incapaz de creer lo que estaba oyendo–. ¿Le has dicho que no? No puedo creer...

–Créetelo –la interrumpió él bruscamente, con disgusto por el cariz que estaba tomando la conversación–. Tu padre me habló de sus problemas. Desgraciadamente...

–Claro que es una desgracia. Pero parece que no tiene nada que ver contigo –dijo ella con tal cinismo que lo hizo pestañear–. Te lo podías haber permitido. La cantidad que necesitaba no habría sido más que una gota comparada con tu fortuna.

Megan se puso de pie y se dirigió a él desesperada. La furia que sentía en su interior le brillaba en los ojos resaltando su color verde.

–Claro que me lo podía haber permitido.

–¡Vaya amigo que eres tú!

Cesare suspiró impaciente.

–Meggie... –dijo con toda la calma que pudo–. No se habría logrado nada. Tu padre lo sabe muy bien.

–Pues yo no. Así que, vas a tener que explicármelo. Y deja ya de llamarme Meggie. Quizá te dejara llamármelo cuando era pequeña, pero ya no soy una niña. Soy una mujer de veintidós años con una carrera. He crecido mucho últimamente.

–No me cabe la menor duda.

Cesare la recorrió de los pies a la cabeza con aquellos ojos oscuros. Desde los vaqueros ajustados a la camiseta, deteniéndose provocativamente en la curva de sus senos. Megan pensó sin querer en los cambios que había notado en su cuerpo durante las últimas semanas.

–Me llamo Megan y te agradecería que lo recordaras.

–Por supuesto –dijo él con una sonrisa.

–¿Te estás burlando de mí? –preguntó ella recelosa.

–No me atrevería –respondió él serio.

El cambio de humor en su voz y el brillo en sus ojos le dieron de lleno en el corazón.

Aquel hombre era demasiado atractivo, se dijo furiosa porque, en aquel momento, no quería encontrar nada atractivo en él.

Especialmente en aquel momento.

Aunque, cuando le sonreía de aquella manera...

Megan se dio prisa en recobrar la compostura, regañándose a sí misma. Aquellos pensamientos eran muy peligrosos y la debilitaban cuando lo que más necesitaba era ser fuerte.

–Quizá mi padre lo entienda, pero yo no. ¿Me lo podrías explicar?

«No», respondió Cesare para sí mismo. No se lo

podía explicar porque, de nuevo, se lo había prometido a Tom Ellis. Aquel hombre podía ser orgulloso hasta rayar en la estupidez. No podía aceptar la ayuda de su amigo para rescatar a su empresa, pero si fuera su futuro yerno...

–Si Meggie se casa contigo –le había dicho–, entonces, aceptaré tu dinero. En ese caso sería un asunto de familia. De otra manera no puede ser.

Tom le había pedido que no le hablara a su hija del tema. Pero su lealtad hacia su amigo se veía enturbiada por los sentimientos hacia la mujer que tenía frente a él.

¿Sabría ella el daño que le hacía al mirarlo de aquella manera?

Pero lo peor de todo era la manera instintiva, casi básica, en la que reaccionaba su cuerpo cuando estaba en la misma habitación que ella. Tenía cada sentido alerta y el pulso latiéndole con fuerza en las venas. Desde que había entrado en la habitación, había tenido que luchar contra el impulso de agarrarla y besarla, zambulléndose en su boca con el hambre contenido durante tanto tiempo.

Pero actuar según aquel impulso habría sido lo más estúpido que podía haber hecho. Probablemente, Megan habría salido de la habitación corriendo.

–Cesare... –dijo ella con tono severo–. ¡Explícalo!

–Tu padre está en una situación un poco complicada –comenzó a decir con cuidado–. El estado del mercado acaba de destruir el valor de sus inversiones y la empresa está teniendo problemas.

–Entonces, ¿por qué no lo ayudas?

–¡Porque no estoy en el mundo de los negocios para comprar empresas en ruina!

Inmediatamente, al ver la cara de ella, se arrepintió de la excusa que había elegido.

–No es un buen negocio, Megan.

Aunque por su amigo haría lo que fuera, si él le dejara.

–¡Ah! Y los negocios son lo primero, ¿verdad? –preguntó ella con amargura.

–No habría llegado a donde estoy si no fuera así.

–No... claro. Pero ahora que estás donde estás, parece que has perdido todo sentido de la amistad. Solías ser mejor persona, Cesare.

–No serviría de nada, Megan.

Cesare ya no podía aguantar más aquella situación.

–Tu padre ha caído mucho y lo sabe. No podría permitirse otro préstamo, ya debe demasiado.

Su silencio traicionaba su estado de ánimo que ya era bastante bajo antes de decirle aquello.

–¿Tan... tan mal está? ¿Me estás diciendo que está arruinado?

No tenía que confirmárselo porque lo podía ver en su cara.

–¡Oh, no!

Las piernas comenzaron a temblarle amenazando con no aguantar su peso: con un movimiento ágil, Cesare la tomó en brazos y la apretó contra su cuerpo.

–Está bien, *carina* –dijo él con voz ronca y sedosa–. Estás a salvo, no te vas a caer.

«A salvo», repitió Megan para sí, un poco mareada. Sí, por fin se sentía a salvo. Por primera vez en seis desgraciadas semanas, no se sentía sola y perdida. Era como si la fuerza de Cesare le llegara a través de sus brazos.

El calor de su cuerpo y el aroma a limpio y a almizcle la envolvieron, haciéndola desear aspirar con más fuerza. Entonces, sintió la necesidad imperiosa de apoyarse en él; la cabeza le pesaba demasiado para soportarla más tiempo. Por fin, cedió al impulso y se reclinó sobre su hombro, sintiendo el hueso duro y el músculo firme bajo la frente.

–Oh, Cesare... –suspiró, abandonándose a aquel momento de debilidad.

–Megan...

Su voz sonó inesperadamente áspera.

El corazón de ella palpitó al son de su respiración.

Megan volvió a suspirar, acomodándose mejor al hueco entre el cuello y el hombro, girando la cabeza de manera que la boca quedó cerca de la piel suave y bronceada de él.

–Megan...

Esa vez había una nota de advertencia, pero ella estaba demasiado cómoda, demasiado relajada para tenerlo en cuenta. Por primera vez desde que había vuelto a Londres, se sentía realmente bien. Como si ahora estuviera donde de verdad quería estar. En el lugar que le estaba predestinado.

Notó que los latidos de Cesare se aceleraban y su propio pulso comenzó a latir más rápido como respuesta. Su respiración también se agitó, hasta que se convirtió en un sonido ronco.

–Cesare...

Intentó hablar, pero el calor que sentía por dentro le había secado la garganta. Tenía los labios secos y se los humedeció con la lengua. A él no se le escapó el movimiento.

Los párpados le pesaban tanto que no podía abrir los ojos. Cuando lo consiguió, la fuerza oscura de la mirada de él la atrapó. No quería moverse.

Esperó, con paciencia aparente, pero hirviendo por dentro. Esperó, sabiendo que aquel era el momento que había anhelado durante toda la vida, con el que siempre había soñado.

–Megan... –volvió a decir Cesare con una voz espesa y áspera que no parecía pertenecer al hombre controlado y sofisticado que ella conocía–. Creo que voy a tener que besarte.

–Lo sé...

–Lo siento si... ¿Lo sabes?

–Ajá.

Megan asintió, consciente del roce suave de su camisa y del calor de su piel a través del tejido.

–Lo sé y ¿sabes algo? –su boca se curvó con una sonrisa pícara–. Yo voy a tener que dejarte...

Las palabras eran suaves y, rápidamente, él las ahogó con sus labios. Sus manos le recorrieron la espalda hasta llegar a la cabeza para sujetarla. Fue el beso más apasionado y salvaje que le habían dado en la vida. Le quitó el aliento, la cabeza le dio vueltas y el corazón pareció salírsele del pecho.

Ella lo rodeó con los brazos y entrelazó los dedos en su pelo. Cuando él intentó separarse, ella se lo impidió. Le ardía todo el cuerpo con un calor primitivo y pagano y no solo por el efecto de su firmeza dura y caliente contra ella. Estaba ardiendo de placer, de apetito sensual, de necesidad. Movió las manos por la espalda de él, sintiendo que era incapaz de tocarlo lo suficiente de una sola vez.

–¡*Madre di Dio*! –murmuró él contra sus labios, consiguiendo separarse para respirar–. ¡Oh, Megan, Megan...!

–Me encanta cómo suena mi nombre con acento italiano–respondió ella sin aliento, temblorosa–. Suena a algo exótico y especial, más sensual que Megan Ellis, tan simple y ordinario...

–¡No! Nunca utilices esas palabras junto a tu nombre. Tú no eres nada simple y, mucho menos, ordinaria.

Megan lo miró sorprendida por aquel arrebato. Había esperado encontrar una chispa de humor en sus ojos, pero no la encontró. En lugar de eso, se encontró otra luz muy diferente. El tipo de luz que la hacía pensar en hogueras y en el calor del verano. Su corazón le dio un vuelco de felicidad.

–Eres preciosa, exquisita. Una mujer maravillosa y sensacional.

Megan no podía creer lo que estaba escuchando.

–Tienes que estar bromeando –le dijo ella; pero él negó con la cabeza.

–Nada de bromas –insistió con un tono que dejaba claro que hablaba en serio.

Levantó una mano hacia su pelo y entrelazó los dedos entre sus mechones rojizos.

–Tienes un pelo que brilla como la lava de un volcán en la noche...

Para su sorpresa, se llevó un mechón a los labios y lo besó con suavidad.

–Tienes unos ojos verdes como las esmeraldas...

Volvió a repetir la caricia, pero esa vez en los ojos, presionando suavemente sobre sus párpados.

–Una piel de melocotón, tan suave y delicada que casi me da miedo dañarla...

Con las manos le acarició las mejillas y, después, bajó hacia su cuello.

La suavidad la hizo temblar.

Pero cuando los labios siguieron a las manos, Megan se quedó totalmente paralizada por el placer sensual que le hizo cerrar los ojos con fuerza para disfrutar mejor de las sensaciones exquisitas que le provocaba.

La boca de Cesare se movió sobre su piel, besándola, acariciándola hasta que, de muevo, volvió a alcanzar su boca.

–Y una boca... –murmuró contra sus labios–. Hecha para besar.

Esa vez, el beso fue realmente apasionado. El tipo de beso que parecía robarle el alma y que hacía que la sangre le hirviera en las venas.

Ella sintió que se derretía mientras él presionaba su cuerpo contra el de ella, haciéndole sentir la fuerza de su deseo. Quizá pudiera elegir sus palabras para burlarse de ella, pero allí no había burla. Aquello era una realidad dura y sólida. La respuesta de un hombre hacia la mujer deseada... imposible de esconder.

Y la misma respuesta surgía de su propio cuerpo, derritiendo su corazón, retorciendo sus nervios.

Cada fibra latía con el deseo creciente, enviándole sensaciones punzantes a su parte más íntima y femenina.

Suspiró en la boca de él mientras se movía inquieta contra su cuerpo, sintiendo la fuerza de su erección.

–Creo que estaríamos más cómodos si...

El resto de las palabras de Cesare se perdieron en otro beso. Pero Megan no necesitaba palabras. Lo habría seguido a cualquier parte y así hizo, paso a paso, hasta el mullido sofá que había enfrente de la chimenea.

Él se sentó y la arrastró a su lado. Ella se acercó lo más que pudo y tomó su boca para jugar de manera íntima con la lengua de él.

–Meggie...

Esa vez, ella no encontró nada que objetar al uso de su nombre de la infancia. Sonó suave y tierno y, al mismo tiempo, sensual. Pero lo que más le excitó fue el tono de rendición total, la declaración de que se había abandonado por completo a ella.

Ella se sintió poderosa y se atrevió a aflojarle el nudo de la corbata. En cuanto, su piel bronceada quedó expuesta, ella se abalanzó sobre su cuello para saborearlo.

–¡Meggie!

Era un gruñido de resignación. Un sonido que significaba abandono total. Con un movimiento rápido, la tumbó sobre el sofá y se colocó sobre ella.

Las manos de él comenzaron a moverse de manera impaciente sobre el cuerpo de Megan. En un instante, le sacó la camiseta de los vaqueros y se la levantó para besarle la piel desnuda.

Megan contuvo el aliento, derritiéndose de puro placer mientras sus pezones se endurecían, presionando la tela del sujetador.

–*Bellissima, squisita...*

Cesare se había puesto a hablar en su propio idioma. Las palabras le salían de lo más profundo de la garganta y su acento cada vez era más musical.

–Megan, siempre fuiste un encanto, pero ahora que eres toda una mujer...

No supo cómo continuar, pero no hizo falta porque la pasión que sentía se reflejaba en sus ojos. Durante unos segundos, sus miradas se quedaron atrapadas la una en la otra. A Megan le pareció que él le hacía una pregunta y ella le respondió, también sin palabras.

Pensaba que podía adivinar lo que Cesare tenía en mente. Todavía pensaba en ella como en una chiquilla, la adolescente que no lo dejaba en paz. Y aquellos pensamientos debían hacerlo dudar, preguntarse si estaría lista para continuar, si era mujer suficiente para él.

Estaba segura de que su mirada debía haberle dado la respuesta. Pero, por si acaso, puso toda la sensualidad que sentía en el beso, utilizando su cuerpo para comunicarle la necesidad ardiente que crecía en su interior.

–La respuesta es: sí, Cesare –susurró con voz temblorosa, con la boca muy pegada al oído de él–. Si me quieres: sí, sí, ¡sí! Soy toda tuya aquí y ahora... donde quieras y cuando quieras.

Su única respuesta fue una maldición en italiano y, un momento después, Megan ya no pudo pensar en nada más. Las manos de Cesare se deslizaron bajo el elástico de su sujetador y lo apartaron, sin molestarse siquiera en desabrocharlo.

De su boca escapó un gemido de éxtasis cuando las palmas se posaron sobre sus pechos turgentes. Y cuando comenzó a mover los pulgares, de manera suave y delicada alrededor de su pezones, la provocación se convirtió en tormento.

–¡*Madre di Dio*!

Cesare volvió a murmurar en italiano, mientras le quitaba la camiseta y la tiraba al suelo con impaciencia antes de volver a sus pechos. Los levantó y con un leve movimiento de cabeza se llevó un pezón a la boca para succionarlo con fuerza.

–Megan, amor, no estabas mintiendo cuando me dijiste que habías crecido mucho últimamente. La última vez que te vi, comparado con hoy, todavía eras una niña...

Deslizó la lengua por el pezón sensible, haciéndola temblar de manera incontrolada.

–Aquí y en todas partes. Has cambiado, has crecido... te has convertido en toda una mujer.

Aquellas palabras resonaron en la mente de Megan como un recordatorio odioso, como la muerte de todas sus esperanzas, apagando su pasión con un viento frío y amargo.

–¡No!

Era un grito de dolor, de confusión y resonó en toda la habitación.

–¿No?

–No puede ser. No es posible.

Cesare se quedó perplejo, como si hubiera recibido un golpe fuerte en la cara. En un momento se había mostrado salvaje y deseosa, totalmente desinhibida en sus brazos... y, al siguiente.

–No puedo. No quiero hacerlo.

–Mentirosilla. Estás jugando conmigo...

–No. No es eso.

Con una fuerza inesperada, se separó de sus brazos y se deslizó por el suelo hacia la chimenea de mármol. Se envolvió con sus propios brazos para tapar su pecho desnudo y negó con la cabeza de manera tan violenta que el pelo le ocultó la cara.

–Tienes que creerme. No estoy jugando a nada... de verdad. No quiero hacerlo.

Aquello era demasiado.

–¡No quieres! –repitió Cesare con una amenaza velada–. ¿No quieres? Oh, venga, Megan, deja de tomarme el pelo. Estabas tan excitada como yo, no intentes negarlo. No estoy ciego.. ni sordo. He visto la pasión en tus ojos... la he oído salir de tus labios. «Soy tuya aquí y ahora... donde quieras y cuando quieras». ¿No fueron esas tus palabras exactas?

–Sí... –dijo ella con una voz apenas inaudible–. Sé lo que he dicho, pero...

«Pero, ¿qué?», se preguntó ella, sin saber qué excusa iba a darle.

–Pero no... no estaba pensando con claridad.

La verdad era que, sencillamente, no debía haber estado pensando. Si hubiera tenido el más leve síntoma de lucidez nunca se habría entregado a sus brazos, nunca habría devuelto sus besos, sus caricias...

Durante unos instantes de locura, se había engañado a sí misma, pretendiendo que todavía era la joven e inocente Megan enamorada de Cesare Santorino. Pero ya no era aquella Megan. Ya no tenía la libertad para permitirse aquel comportamiento salvaje y licencioso.

No podía pensar en ella sola... y las palabras de Cesare se lo habían recordado.

Solo pensar en lo que podía haber sido trajo consigo un sentimiento de perdida amargo, como si alguien le hubiera dado un golpe en el pecho y le hubiera arrancado el corazón.

–No importa lo que te dijera antes. No puedo... no puedo... no puedo...

–¿No puedes qué?

Cesare se había incorporado en el sofá y tenía su mirada negra clavada en ella. Por fin, había logrado controlar la respiración.

–Megan –comenzó a decir–. ¿Qué es lo que no puedes hacer?

–No puedo acostarme contigo... ni con nadie. Quiero decir que no puedo tener una aventura, no importa con quién.

–¿Por qué no?

Aquello era demasiado. No podía responderle a aquella pregunta porque sabía cuál sería su reacción. Y en aquel instante, ya se sentía demasiado perdida, demasiado vulnerable para poder aguantar su rechazo cuando supiera la verdad.

Así que se limitó a sacudir la cabeza en silencio.

–Megan, ¿por qué no?

Por el tono de Cesare supo que no la dejaría hasta que le diera una respuesta.

–¿Por qué, Megan? ¿Vas a decírmelo o voy a tener que ir para allá...?

El paso que dio hacia ella fue lo último que logró aguantar.

–¡De acuerdo! –gritó desesperada–. ¡De acuerdo, te lo diré! Quieres la verdad... pues la tendrás.

–¿Cuál es? –insistió él sin piedad al ver que ella tardaba en darle una respuesta.

–¡Estoy embarazada! –exclamó ella, después de tomar aliento–. Eso es lo que pasa –añadió sabiendo que ya no había marcha atrás–. Tuve una aventura en la universidad... Cometí un error y... y estoy embarazada. Tendré un hijo dentro de siete meses.

Capítulo 3

QUE estás qué?

Si antes sintió como si le hubieran dado una bofetada, esta vez la sensación fue mucho más dolorosa, como si le dieran un golpe mucho más bajo... y más íntimo. Fue como un jarro de agua fría sobre su libido. Su excitación desapareció en un segundo, dejándolo mudo y sobrecogido, con la cabeza dándole vueltas a toda velocidad.

–¿Qué has dicho?

No necesitaba que lo repitiera; había sido muy clara y cada letra le estaba quemando el corazón. Pero tenía que decir algo. Tenía que intentar hablar, seguir diciendo tonterías para no decir lo que realmente le estaba pasando por la cabeza. Y, sobre todo, tenía que asegurarse de no admitir nunca que estaba sufriendo un infierno de celos. Que una garra le estaba oprimiendo el corazón. El dolor era cegador, igual que la furia que le hervía la sangre al pensar que ella se había interesado en otra persona y se había acostado con ella... que había hecho el amor con otro... que había concebido el hijo de otro...

Así que no preguntó por qué lo había hecho. Tampoco gritó, aunque era lo que más deseaba. No le dio una patada a nada. No le preguntó por qué se había entregado a otro cuando le pertenecía a él. ¿Es que no lo sabía? ¿Es que no veía que no tenía derecho a estar con ninguna otra persona? Pero él había pasado demasiado tiempo engañándola con respecto a sus sentimientos.

–¿Qué has dicho? –volvió a repetir al ver que Megan no decía nada.

Se había quedado de pie, pálida, con los ojos muy abiertos mientras lo miraba fijamente.

–Sabes muy bien lo que he dicho. Me has oído perfectamente. He dicho que estoy embarazada.

–En el nombre de Dios, ¿cómo ha podido ocurrir algo así?

Su sonrisa, por temblorosa que fuera, era lo último que él se habría imaginado.

–¡Vamos, Cesare! Estoy segura de que tú sabes muy bien cómo suceden esas cosas.

–Sí, claro que lo sé –gruñó él, incómodo–. Pero sabes a lo que me refiero. ¿Qué sucedió?

–Me... ¿Me puedes pasar la camiseta? Me gustaría taparme.

Si algo podía revelar el cambio que se había producido en aquella habitación era esa frase. Eso y la manera en la que ella se tapaba. La prenda estaba tirada en el suelo a unos metros de ella, donde él la había arrojado en el ardor del momento.

No podía haber un contraste mayor entre la sirena desinhibida y sensual que lo había hechizado hacía unos minutos y la mujer, totalmente avergonzada, que se cubría el pecho.

Quizá eso era lo mejor, pensó Cesare, lanzándole la prenda.

Se pasó la mano por el pelo y se abrochó la camisa con manos temblorosas, convenciéndose de que debía recuperar el control y pensar con claridad. Y eso era algo que nunca habría podido hacer con Megan medio desnuda.

Esperó un rato, obligándose a respirar lenta y profundamente, hasta que ella terminó de vestirse.

–Entonces –dijo cuando ella se giró hacia él, completamente vestida–. ¿Vas a decirme qué ha pasado?

Era como si el director del colegio la hubiera llamado a su despacho, pensó Megan. Era como volver a ser una chiquilla traviesa que espera su castigo. No, era mucho peor que todo eso: Cesare era el fiscal, el juez y el jurado y la sombra de desaprobación en su rostro mostraba que la iba a declarar culpable.

–¿Qué quieres que te diga? Tú ya conociste a este chico en una fiesta... Gary. Me apreció atractivo y él dejó claro que yo le gustaba. Empezamos a salir. Una noche, los besos fueron a más y pasó...

–Lo que pasó –la voz de Cesare era tan fría que le heló la sangre–. Que acabasteis en la cama.

–¡Haces que parezca algo sórdido!

–¿Y no lo fue?

El gesto cínico de su ceja casi la destroza, pero se esforzó por ignorarlo.

–No, no lo fue.

–Ah, entiendo...

Cesare se metió las manos en los bolsillos de los pantalones y se recostó sobre los cojines de seda. Su mirada fría era cruel y parecía atravesarle el alma con un cuchillo.

–¿Estabas locamente enamorada de él? –preguntó con cinismo

–Sí. Por supuesto que sí.

Era demasiado vehemente y revelador. Especialmente para alguien que la conocía tan bien como Cesare. Seguro que él se daba cuenta de que se estaba escondiendo tras un sentimiento.

Ella había pensado que estaba enamorada de Gary, realmente lo había creído. Pero cuando las circunstancias cambiaron tuvo que reconsiderarlo. Pero si todavía tenía alguna duda, la aparición de Cesare se lo había dejado bien claro.

–Pero él no estaba enamorado de ti.

Megan levantó la cabeza de golpe.

–¿Por qué dices eso? ¿Cómo lo sabes?

Él se encogió de hombros.

–Si tú le importaras lo más mínimo, estaría aquí... contigo. No habría permitido que vinieras tú sola, que tuvieras que enfrentarte a tu familia sin su apoyo. Me imagino que ese era el motivo de tus lágrimas. Megan –la llamó cuando ella se volvió para mirar por la ventana–, no ha venido contigo, ¿verdad?

–No –dijo ella con un susurro apenas inaudible–. De hecho no va a venir. Nunca.

–¿Ni siquiera cuando el bebé...?

–No.

Ella volvió a negar con la cabeza con la expresión de una niña abandonada.

–No vendrá ni por mí ni por el bebé. No nos quiere a ninguno de los dos. En realidad, nunca me ha querido. Solo estaba pasándoselo bien, jugando un rato. De hecho... –volvió a tomar aire–. Está casado.

–¿Casado? Oh, Meggie, Meggie. ¿Cómo puedes haber sido tan tonta?

–¡No lo sabía! Nunca habría estado con él –respondió con furia–, ni siquiera una sola noche, si hubiera sabido... ¡No soy tan idiota!

–¿Ah, no? –sus ojos volvían a mostrar una mirada cínica–. A mí me parece...

–Oh, ya sé lo que a ti te parece. ¡Tú, el grande, el que todo lo sabe... el infalible Cesare Santorino! –la amargura se reflejó en su tono–. Todos sabemos que tú nunca, nunca cometerías un error así.

–Por supuesto que sí, Megan.

Ya había cometido muchos errores, como presentarse así en casa de ella. Como un verdadero loco. No había pensado en otra cosa que en la promesa que le había hecho a su padre y, en cuanto llegó el momento, quiso declararle su amor.

Pero se había engañado al pensar que ella sentía lo mismo. Que ella lo esperaría como él había esperado por ella. Ni siquiera había pensado en él. Había saltado a los brazos de otro... de un hombre casado.

Sentía una furia terrible, celos y odio. Odiaba pensar que su adorable y dulce Megan podía haber estado en la cama con otra persona.

Nunca había sentido en su corazón aquel dolor. Le quemaba como si fuera ácido, amenazando con devorar su alma, dejándola destrozada.

–¿Cuándo sucedió?

La voz de Megan irrumpió en sus pensamientos, sacándolo de la oscuridad en la que se estaba ahogando.

–¿Qué? –preguntó él, luchando por recobrar el control–. ¿Qué has dicho?

–Solo quería saber cuándo habías cometido ese gran error –le preguntó Megan–. ¿Qué fue esa cosa tan terrible que hiciste y cuándo?

«¡Idiota!», se dijo Cesare. Ahora había atraído la atención sobre él, sobre sus sentimientos. Justo cuando ya no sería capaz de responder a ninguna pregunta. Cuando acababa de darse cuenta de lo mal que lo había interpretado todo y era incapaz de explicarle nada a ella.

De hecho, se había propuesto que nunca supiera lo que había sentido por ella. Había ido allí aquella noche para decírselo. Par confesarle que se sentía atraído por ella desde que la vio y que esa atracción no había cambiado con el paso de los años. Para declararle que creía que la amaba y que quería que pasara el resto de su vida con él.

Pero sus palabras, su confesión, habían dañado aquellos sueños de manera irremediable. Ya nunca le diría lo que sentía... lo que había sentido por ella... porque ya no lo sentía.

–Cesare... –insistió Megan.

–Oh, no fue nada. Como tú, me enamoré de la persona equivocada.

–¿Cuándo fue eso?

–Hace muchos años. A decir verdad, tenía la misma edad que tú tienes ahora.

–Solo que, a diferencia de mí, tú no acabaste tan mal como yo –dijo ella escondiendo su dolor tras un velo de sarcasmo.

«No lo creas», pensó Cesare. Le había entregado

su corazón a una niña, había esperado a que fuera mujer para hacerla suya y ahora... había llegado demasiado tarde.

–Lo superé –dijo él con frialdad–. Igual que tú lo superarás. El tiempo cura todas las heridas.

–Solo que en mi caso, el tiempo lo empeorará todo –dijo ella, llevándose una mano al vientre.

–Megan, ¿estás segura?

–Completamente.

–¿Has ido al médico?

–Cesare, no necesito un médico. Sé lo que me está sucediendo. No he tenido el periodo desde hace dos meses y siempre soy como un reloj. Además, me encuentro mal por la mañana... Me he hecho uno de esos test de embarazo que venden en las farmacias y dio positivo.

–Me parece que esas cosas no son demasiado seguras...

–Déjalo, Cesare. Estoy embarazada.

–¿Qué vas a hacer al respecto?

–No tengo ni idea –admitió Megan con sinceridad.

–¿No has pensado en abortar?

Si no fuera tan bueno para los negocios, habría sido un detective fantástico, pensó Megan. Le lanzaba las preguntas de manera fría y fiera, sin darle tiempo a pensar. Pero ella ya había tenido bastante.

–¡No, no he pensado en abortar. No podría y no lo haré! ¡Pero eso no es asunto tuyo!

–¡Solo quiero ayudar!

–¿Sugiriéndome que aborte? Eso lo puedo hacer yo sin ayuda.

–Megan, no es eso lo que quise decir.

–¿Ah, no? a mí me pareció que sí. Permíteme recordarte, señor Santorino, que este es mi bebé y no tiene nada que ver contigo.

–Lo cual, señorita Ellis –le respondió él con el mismo tono–, me parece perfecto.

–¡Bien! –dijo ella, lanzando la cabeza hacia atrás–. Me alegro de que nos entendamos.

–Pues sí –respondió él con frialdad–. Créeme, te entiendo perfectamente. Y como no me gustaría estar aquí cuando me eches, me marcho.

–¡Por fin! Pensé que nunca te irías.

Vio como él echaba la cabeza hacia atrás y, sintiéndose fatal, supo que pensaría que deseaba que se marchara; nada más lejos de la verdad.

Tenía la terrible sospecha de que el corazón se le iba a partir en cuanto él saliera de aquella habitación, y por lo tanto, de su vida. La furia no era más que un camuflaje para esconderse de la verdad.

–Hasta pronto.

Estaba tan sorprendida que solo pudo asentir. Sabía que su silencio la hacía parecer más fría y distante que nunca, pero eso fue lo único que pudo hacer. Una garra fría y cruel le atenazaba la garganta, impidiéndole hablar. De todas formas, sabía que si lograba decir algo, rompería a llorar o haría alguna otra cosa igual de estúpida.

Así que lo miró en silencio mientras se daba la vuelta y se alejaba de ella.

Lo observó cruzar la habitación, paso a paso, alejándose de ella para siempre y cuando agarró el pomo de la puerta para abrirla...

–¡Cesare!

Su nombre le salió de la boca como la erupción de un volcán; imposible de contener.

–¡Cesare, por favor!

Pensaba que quería que se fuera y él deseaba lo mismo: marcharse para siempre, para nunca volver. Los sueños locos de amor y matrimonio solo habían estado en su mente.

Se marchaba. No sabía a dónde iría, pero sabía que pararía en el primer bar que encontrara. Una copa le vendría muy bien.

Y entonces, ella habló. Solo dijo su nombre con un susurro tan tenue que le costó oírlo. Pero lo dejó clavado en el suelo sin poder moverse.

–¡Por favor, no te marches!

¿Cómo podía resistirse al atractivo de aquella voz? Quiso revivir la furia que había sentido hacía unos instantes, el disgusto, los celos; pero no lo consiguió.

Y entonces, como ya supo que pasaría, los sentimientos ganaron.

–¿Qué quieres, Megan?

Ella todavía estaba donde la había dejado. Estaba lívida como la cera y sus ojos parecían más oscuros de lo normal sobre sus pálidas mejillas.

Su aspecto era estremecedor.

Cesare suspiró. Sabía que nunca jamás sería capaz de dejarla así.

–Dime qué quieres que haga y lo haré.

Sus ojos seguían fríos y distantes, sin traza de emoción en ellos. Había pronunciado unas palabras amables pero sin rastro de amabilidad en su voz.

–Por favor, no te marches...

Eso era todo lo que podía decir.

Él suspiró con impaciencia.

–No me voy a marchar, Megan. Si tú quieres que me quede, me quedaré. Solo dime qué quieres que haga.

–¡No sé qué hacer! –fue el grito de una niña asustada y la mano que extendió hacia él tembló con la fuerza de los sentimientos que estaba intentando controlar.

Si tocaba aquella mano estaba perdido. Todavía podía sentir la suavidad de su piel bajo sus dedos, el sabor de su boca en los labios. El aroma de su cuerpo se le había metido por la nariz, una mezcla potente de su perfume habitual y su olor corporal.

Solo pensar en lo que había sentido al tenerla en sus brazos, al besarla, hacía que su libido despertara impaciente. Sin la distracción de la furia, el deseo le provocaba un dolor persistente.

Pero él no podía rendirse.

–¡Tienes que ser práctica! Intuyo que quieres quedarte con el bebé...

–Por supuesto –contestó ella–. No me pidas...

–No te estoy pidiendo nada –interrumpió él, rápidamente al ver el temblor de su barbilla–; solo era una posibilidad. ¿Y estás segura de que el padre no te va a ayudar?

–¿Gary? –preguntó ella con sorna–. Me lo dejó muy claro. Yo solo era un pasatiempo mientras él estaba dando unas conferencias en la universidad. No le dijo a nadie que estaba casado y que tenía dos hijos en los Estados Unidos.

–¡Parece un verdadero encanto!

–Ese fue el problema. Realmente, era encantador...

–No quiero saber nada de él –la interrumpió con brusquedad; ya estaba bastante celoso sin que resaltara sus encantos–. Ven a sentarte, parece que te vas a caer desmayada en cualquier momento.

–Estoy cansada –admitió ella–. No he dormido muy bien últimamente.

–Ya me imagino.

Él se encaminó hacia el sofá frente a la chimenea; pero Megan le lanzó al asiento tal mirada de odio que se frenó en seco. Después, se dirigió hacia el otro sofá al otro extremo de la habitación, comprendiendo. Aquella mirada lo había colocado en su lugar, pensó Cesare con amargura.

Aquello significaba que no había posibilidad para el sueño que había mantenido durante tanto tiempo. Pero la idea había estado en su cabeza demasiado tiempo para rechazarla tan fácilmente. Aunque no veía manera alguna de...

A menos...

De repente, le vino otra idea a la cabeza. Había una manera de conseguir lo que siempre había deseado. Aunque quizá, no fuera de la manera más idónea.

–¿Se lo has dicho a tu padre?

Ella negó con la cabeza.

–Ya tiene demasiado con lo suyo.

–Entonces qué vas a hacer. ¿Puedes mantenerte?

–No lo sé. Tendré que buscar un trabajo, seguro que encuentro algo. Aunque Historia del Arte no es la carrera más practica para encontrar un trabajo...

–Hay otra alternativa.

–¿Ah, sí?

La expresión de Megan se iluminó y una nueva luz brilló en su ojos.

Cesare asintió, lentamente.

–Está el matrimonio...

Ella lo miró con amargura.

–Ya te he dicho que Gary...

–¡No; no con esa rata!

–¿Entonces?

Lo miró sorprendida esperando su respuesta.

–No sé quién...

–Yo. Puedes casarte conmigo.

Capítulo 4

MEGAN lo miró atónita. No se podía creer que fuera capaz de gastarle una broma de tan mal gusto en un momento de su vida tan delicado.

Pero él la estaba mirando muy serio. No podía ser cierto; sin embargo, su expresión le decía que sí lo era.

–Estás bromeando.

–Al contrario. No creo haber estado más serio en toda mi vida. Resolvería nuestros problemas de un golpe.

–¿Nuestros? ¿Qué problema tienes tú que puedas resolver casándote conmigo?

–Mi familia.

Se acercó a ella y, apoyándose en los brazos de la silla, la miró a los ojos.

Inmediatamente, Megan deseó estar en cualquier otro sitio. Cada uno de sus sentidos se puso alerta, despertando y respondiendo a su cercanía.... Estaba demasiado cerca. Tan cerca que no podía apartar los ojos de él y su fragancia la embriagaba. El corazón empezó a latirle de manera descontrolada, impidiéndole respirar con naturalidad.

–¿Qué pasa con tu familia? –logró decir–. ¿Qué tienen ellos que ver con esto?

–Quieren que me case y que forme una familia. Hijos que hereden la empresa y que se hagan cargo de ella en el futuro. Todos pensaban que Gio iba a tener más hijos, pero, al morir Lucía, eso ya no es posible.

Megan asintió muy seria, reconociendo y comprendiendo las sombras que cruzaron por sus ojos. Su hermanastro, Gio, había estado muy enamorado de su mujer, pero esta murió de manera inesperada; un derrame cerebral acabó con su vida sin que se pudiera hacer nada al respecto.

–¿Pero no te gustaría un matrimonio en condiciones?

–Nosotros podríamos formar un matrimonio en condiciones. Siempre nos hemos llevado bien. Y lo que acaba de suceder...

Sus ojos se deslizaron hacia el sofá frente a la chimenea y permanecieron un rato sobre el desorden de cojines. Megan le siguió la mirada y se tuvo que morder el labio inferior para evitar dejar escapar un gemido. No necesitaba que le recordara cómo se había comportado. Sus movimientos salvajes y eróticos no habían sido muy propios de su carácter. Nunca había respondido de esa manera, ni siquiera con Gary, a quien creía que había amado.

–Estoy convencido de que eso indica que puede haber algo. Y en Noche Vieja...

–En Noche Vieja, yo tenía una copa de más –repuso Megan con premura, no quería que le recordara lo tonta que podía llegar a comportarse con él–.

Estaba sola e insegura de mí misma y... bueno, tú estabas cerca.

–¿Así que todo lo que me dijiste de amor para siempre no era cierto?

–Igual que la proposición que acabas de hacerme... si es que eso se trataba de una proposición.

–Sí era una proposición, y créeme, lo que dije, lo dije completamente en serio. ¿Qué me respondes?

–¿Qué crees que puedo responderte? No me voy a casar contigo y lo sabes muy bien.

Si no lo conociera tan bien, habría jurado que sus ojos reflejaban decepción. Pero él no podía haber sentido nada parecido.

–¿Me estás diciendo que no?

Saber que lo había sorprendido le produjo una satisfacción absurda. ¿Tan estúpida la consideraba que pensaba que se echaría en su brazos solo porque se lo ofreciera? ¿O es que era tan arrogante que no podía imaginarse que una mujer lo rechazara?

–Sí, te he dicho que no –dijo ella, adoptando una formalidad deliberada–. Gracias por su oferta, señor Santorino, pero me temo que tengo que declinar el honor...

La mirada fría de él hizo que las palabras se le enredaran en la lengua y que tuviera dificultad para pronunciarlas.

–... el honor de convertirme en su esposa.

Bueno, aquello le ponía los pies en su sitio, pensó Cesare.

Aunque su propia reacción le sorprendió bastante; por ridículo e increíble que pareciera, se encontró con que no tenía palabras.

Pero no iba a darse por vencido tan fácilmente. No, hasta estar completamente seguro de que no tenía más argumentos para convencerla, ningún otro incentivo para persuadirla. Se prometió que lograría que se rindiera. No pensaba marcharse de allí hasta que ella accediera a ser su esposa. La otra opción sería marcharse para siempre, pero eso era algo para lo que no estaba preparado.

–Sabías que no podía aceptar.

–No tenía la menor idea.

Con un movimiento impaciente, se levantó de la silla y se dirigió hacia la chimenea. Se quedó mirándola un momento y después se volvió hacia ella.

–¿Te importaría decirme qué vas a hacer entonces?

–¿Hacer?

Los ojos de Megan se llenaron de confusión y la mascara momentánea de confianza que había asumido cayó de su rostro.

–Ya... ya me las arreglaré. Tiene que haber algo...

–Dame un ejemplo.

Cesare volvía a adoptar una actitud de ataque.

–Hace dos minutos, estabas perdida en un mar de miedo y dudas. Ahora, de repente, eres la independencia personificada. Me pregunto qué originó ese cambio. ¿Tan repugnante es la idea de casarte conmigo?

–¡Por supuesto que no!

Intentó reírse, pero solo logró una sonrisa. Porque la verdad era que no encontraba la situación nada divertida. Si él supiera que durante toda su adolescencia había soñado con ser su esposa...

–Te dije que era un honor...

Él la miró con tanto escepticismo que las palabras se le congelaron en la boca.

–¿De verdad aceptarías el hijo de otro hombre?

–No sería el hijo de otro hombre. Le diste la oportunidad de que lo reconociera y no la aceptó. Tu hijo nacería dentro de nuestro matrimonio y yo sería el único padre que conociera. Yo cuidaría de él encantado, igual que cuidaría de ti.

–¡Yo puedo cuidar de mí misma! –protestó ella.

–¡Ya veo! –dijo él con ironía.

–Las otras personas se las arreglan.

–Las otras personas no tienen otra opción –afirmó él llanamente–. No tienen otra alternativa. Te estoy ofreciendo una elección. No tendrías que «arreglártelas». Podrías cuidar de tu hijo como Dios manda y darle todo lo que necesita.

Estaba consiguiendo llegar a ella. Por fin, se sentía tentada. Podía ver la incertidumbre en sus ojos. Y todavía le quedaba otro argumento que podía utilizar para convencerla.

–Si quieres, incluso puedo ayudar a tu padre como parte del trato.

–Haces que esto parezca un negocio.

Cesare se encogió de hombros con indiferencia.

–Si quieres verlo así... al igual que todos los buenos negocios, los dos obtendremos lo que queremos.

De dos pasos se acercó a ella y se inclinó para mirarla de cerca.

–¿Qué pasa, Meggie? –preguntó con suavidad–. ¿He sido demasiado práctico? ¿Te habría gustado algo más romántico? ¿Preferirías que me hubiera puesto de rodillas...?

Megan se quedó de piedra al verlo arrodillarse con elegancia delante de ella. Su atractiva cara quedó a la altura de la de ella. Le agarró una mano y la tomó entre sus dedos con firmeza.

–Megan... –comenzó a decir con voz profunda–. ¿Me haces el honor de aceptar ser mi esposa?

–Basta ya, Cesare.

Megan, angustiada, intentó soltarse. Pero los dedos fuertes de él la retuvieron sin el más mínimo esfuerzo.

–¡Por favor!, no bromees con estas cosas.

–Estoy hablando muy en serio, Megan. De hecho, no creo que haya hecho nada tan en serio en la vida.

Megan sintió que los ojos se le llenaban de lágrimas. Pestañeó con fuerza para ahuyentarlas. No estaba preparada para que Cesare las viera, tenía demasiado miedo de lo que revelaban.

Era como si hubiera retrocedido en el tiempo. A una época en la que Cesare Santorino era el único hombre del mundo para ella. Cuando había acaparado sus pensamientos durante el día y sus sueños, durante la noche. Y en uno de aquellos sueños recurrentes, aparecía aquel italiano alto y guapo, arrodillado ante ella, pidiéndole que fuera su esposa.

Y ahora, estaba haciendo exactamente eso... pero la petición solo era un recurso para resolver sus problemas. No había emoción ni sentimientos. Esa falta de emoción le afectaba tanto, en lo más profundo de su ser, que presintió que aquello era demasiado peligroso.

–Cesare, sabes que no puedo casarme contigo.

–Sé que no puedes hacer otra cosa. Ninguna otra cosa te dará la libertad y el dinero para ejercer de madre todo el día y ayudar a tu padre al mismo tiempo. Sabes muy bien que tu padre no podrá mantenerte, difícilmente tendrá para mantenerse él mismo si su negocio quiebra.

Megan se sintió como si la estuviera arrastrando hacia el futuro que había planeado para ella, por mucho que se resistiera a aquella atractiva oferta.

–Tampoco yo querría que mi padre tuviera que mantenerme. Sería como seguir siendo una niña toda la vida.

–Pero si te casas conmigo, seríamos compañeros. Dejarías de ser una niña para convertirte en mi esposa.

Parecía que él tenía respuestas para todo y ella se estaba quedando sin objeciones.

–Cesare, por favor, levántate –suplicó ella, pero él negó con la cabeza.

–No, hasta que me des una respuesta.

–Pero si ya te la he dado.

Un ligero temblor al final de la frase le indicó que no estaba muy convencida.

–Pero no la respuesta que yo quiero. Megan, entra en razones.

La razón no tenía nada que ver con aquello. Parecía una amarga ironía que le estuvieran ofreciendo el sueño de su vida de una manera en la que parecía que no iba a ser feliz. Lo que siempre había deseado era que Cesare se enamorara perdidamente de ella. Pero aquello, ahora, parecía más lejano que nunca.

Pero, quizá, si estaban juntos algún tiempo... ¿Y cómo podía estar más cerca de él que siendo su mujer, compartiendo la misma vida, la misma casa...? Sintió una garra fría en el estómago que la hizo temblar... ¿La misma cama?

Sabía que el temblor que había experimentado al caer en la cuenta de que tendría que compartir la cama con él no tenía nada que ver con el miedo. Al contrario, había sido una sensación bastante erótica.

–Megan, sabes que podemos hacer que esto funcione. Siempre nos hemos llevado muy bien... nos gustamos. Mucho más de lo que muchos matrimonios pueden decir. Y tienes que admitir que el fuego físico que ardió entre nosotros esta noche solo puede significar que esa parte del asunto no va a fallar.

–Un matrimonio es algo más que sexo.

Pero, ¿por qué seguía luchando contra él? ¿Por qué luchaba contra ella? ¿No sería mucho más fácil rendirse y aceptar? Además, ¿no era eso lo que siempre había deseado?

–Sé que un matrimonio es algo más que solo sexo. Pero, *diavolo*, Megan, no me digas que no es un buen comienzo.

Quizá se estaba agarrando a un clavo ardiendo, pero las palabras de Cesare parecían hablar de algo más que de un trato de negocios. ¿Acaso estaba siendo una tonta al esperar que sus palabras implicaran una vida juntos de verdad? ¿Un matrimonio verdadero?

–Megan... ¿Me vas a dar una respuesta?, porque si no, te juro que me voy a levantar de este maldito suelo y me voy a largar de aquí. Y te aviso que si me marcho será para siempre y ya podrías suplicarme que te ayudara que no te escucharía. Puedes despedirte de la oferta de salvaros a ti y a tu padre porque no la volvería a hacer.

Lo decía muy en serio; no le cabía la menor duda. Y solo pensar que se alejaría de su vida para siempre, le dio tanto miedo que habló sin pensárselo.

–¿Ayudarías a mi padre?

–Nunca dejaría que mi suegro se arruinara. Pagaré todas sus deudas en cuanto firmemos el certificado de matrimonio. Pero solo entonces. Y tienes que darme una respuesta ahora mismo. No me pidas tiempo para pensártelo porque no te lo daré. Es ahora o nunca. No pienses que puedes venir a mí mañana y...

–No hace falta. Te daré la respuesta ahora.

Las palabras salieron de su boca sin pensar si era lo más inteligente o si podría vivir con la relación que le ofrecía. Solo sabía que no podía decir que no. No tenía ni idea de lo que el futuro con él le depararía, pero un futuro sin él era algo imposible de imaginar.

–¿Entonces? –preguntó él con renovaba impaciencia–. ¿Cuál es la respuesta?

La mirada que Megan le dedicó estaba llena de reproche y amargura.

–Ya sabes cuál es. Me has puesto contra la pared y solo hay una respuesta posible.

–Y esa respuesta es que sí. Muy bien, empezaré a arreglarlo todo. Necesitaremos una licencia especial...

–¿No crees que no hace falta ir tan deprisa?

–Megan, estás encinta. Tenemos que casarnos antes de que se te empiece a notar y para eso necesitaremos una licencia especial. No quiero que nadie sepa la verdad sobre nuestro matrimonio.

–Pero, ¿qué importa la gente?

–A mí sí me importa.

A ella le sorprendió que tratara el asunto como un verdadero negocio. Pero ¿qué había esperado? Lo que Cesare le había propuesto era un matrimonio de conveniencia, nada más.

–¿Qué pasa? –preguntó él, con el ceño fruncido–. Parece que te hubieran sentenciado a muerte.

Quizá eso era lo que había sucedido, pensó Megan, sin poder evitarlo. Y ella misma era la que había firmado la sentencia.

–Me estaba preguntando qué sacarías tú de todo esto.

–Ya te lo he dicho, tendré lo que quiero.

–¿Y qué es lo que quieres?

–Una esposa... un hijo.

–Un hijo que no es tuyo.

Él se encogió de hombros con indiferencia.

–¿A quién le importa eso? Me libraré de mis padres y, además, podremos tener otros. Siempre he deseado tener una familia numerosa.

–¿Y eso será suficiente para ti?

–No, por supuesto que no. Si solo hubiera querido eso, se lo podría haber pedido a una docena de mujeres; pero nunca lo hice.

Clavó su mirada oscura en la de ella con la fuerza de un hipnotizador por lo que a ella le resultó imposible mirar hacia otro lado.

¿Cuándo se le había acercado tanto?, se preguntó con el corazón latiéndole deprisa. No lo había visto moverse y ahora parecía que lo tenía a escasos centímetros. Podía sentir el calor y el aroma de su cuerpo, escuchar su respiración.

–¿Por qué...? –preguntó sintiendo la boca repentinamente seca–. ¿Por qué no se lo pediste a nadie antes? –consiguió decir, por fin.

Cesare sonrió lentamente, casi con amabilidad. Pero en su mirada había algo muy diferente. Una señal de peligro, la amenaza de algo que no lograba descifrar.

Cuando él la alzó de la silla, ella no dijo nada. No se podía mover, ni hacer nada para evitar lo que sabía que iba a suceder.

–Ninguna me ofrecía lo que yo quería –dijo él con una dulzura deliberada.

Megan bajó la voz para utilizar su mismo tono:

–¿Que era...? –susurró, sin apartar los ojos de su sonrisa.

–Esto...

Apenas tuvo tiempo de tomar aliento antes de que su boca descendiera sobre la de ella. La caricia estaba cargada de tanta ternura que pareció arrancarle el alma para hacerla cautiva. En ese momento, supo que estaba perdida. Supo que nunca había superado su amor por Cesare Santorino.

No lo había superado en Noche Vieja, cuando él se había burlado de su amor, negándose a aceptar sus besos, liberándose de sus manos, diciéndole que se buscara a un chico de su edad para jugar. Tampoco lo había superado cuando cayó en brazos de Gary, perdida, sola y llena de despecho. Desesperada por encontrar el amor, en cualquier lugar, con cualquiera.

Así que ahora no podía contenerse. Se dejó besar y la ternura se convirtió en urgencia y la urgencia en pasión en cuestión de segundos.

Se apretó con fuerza a ella y sus manos comenzaron a moverse sobre su cuerpo, acariciadoras, excitantes, provocadoras. Sus dedos se mostraron infalibles para encontrar todos los puntos de placer que la hacían suspirar o moverse de manera convulsiva contra él. Cuando la fuerza de aquellas manos se deslizaron sobre las curvas de sus pechos, no pudo evitar un gemido de satisfacción.

Justo entonces, cuando ella pensaba que ya no podría resistirlo más. Cuando pensó que se iba a desmayar o a gritar o a ceder a las sensaciones que bullían en su interior. Justo cuando había abierto la boca para decirle que lo necesitaba y suplicarle que la tomara, que le hiciera el amor allí mismo, que la hiciera suya, él levantó la cabeza y la miró con ojos turbios.

–«Esto» es lo que quería –dijo y ella sintió una especie de satisfacción primaria al escuchar su voz enronquecida, que indicaba que, a pesar de toda su compostura exterior, por dentro estaba tan afectado como ella–. Así es como quería que fuera todo –continuó él–. Como siempre supe que podía ser. Por eso, nunca se lo pedí a nadie, ni siquiera me lo planteé. Sabía que sería así entre nosotros y que merecería la pena esperar. ¿Me preguntaste qué sacaría yo de este acuerdo? La respuesta eres tú. ¿Que qué quiero? A ti. Te necesito más que a la vida misma. Siempre ha sido así y siempre será así.

Capítulo 5

YO OS declaro marido y mujer.

Tras ellos, la música del órgano comenzó a sonar.

Sus familiares y amigos, todos los que habían sido convocados en tan corto espacio de tiempo, se volvían los unos a los otros con una sonrisa al escuchar aquellas palabras tan familiares. Cesare casi pudo oír el suspiro general de satisfacción.

Pero era la mujer que tenía a su lado la que acaparaba toda su atención: Megan Ellis, Megan Santorino a partir de aquel instante. Alta, esbelta y elegante con un vestido sencillo de seda de color marfil. El pelo lo llevaba recogido en la nuca y adornado con unos capullos de rosa de color vainilla que, debido al calor, se estaban empezando a abrir y a despedir todo su aroma.

Desde ese momento, el aroma de las rosas iría siempre asociado al día de su boda, al comienzo de su vida de casado. Pero ¿qué futuro le deparaba el destino a aquel matrimonio? Se había lanzado de lleno, tomando la decisión en un segundo, dejando sorprendidos a todos su amigos y familiares.

Cesare Santorino nunca había hecho nada de manera precipitada. Tenía fama de pensarse bien las cosas, de estudiar todos los aspectos antes de comprometerse a nada. Solo cuando estaba seguro de que todo era exactamente como él quería, firmaba un documento.

Y allí estaba él ahora, casado con Megan, sin habérselo pensado dos veces.

–Ya puede besar a la novia.

Ya era su mujer, a los ojos de la ley, de la iglesia y de todos los allí presentes; pero, ¿era suya de verdad? ¿Se consideraría ella su esposa o solo lo vería como el hombre que la había ayudado a salir de un buen atolladero? Un marido de conveniencia. Un marido solo de nombre. Alguien que nunca podría ser el hombre de su vida.

¿Acabaría de cometer el peor error de su vida?

Pero todos lo estaban mirando, esperando que besara a su flamante esposa. El sacerdote también estaba esperando.

Y Megan.

Megan estaba mirando hacia él, con los ojos oscurecidos por un sentimiento que no lograba descifrar. Al ver su mirada, consiguió ofrecerle una sonrisa. Una sonrisa suave y tentadora. Una sonrisa que empezó valerosa y alentadora, una sonrisa que los unía como a una pareja de conspiradores.

Pero mientras él la miraba, la sonrisa fue perdiendo su fachada de confianza. Tembló, se aflojó y perdió vigor, dejando a Megan pálida e, inquietantemente, joven y desvalida.

–Meggie...

Con una repentina ráfaga de ternura, se acercó a ella, la rodeó con un brazo y le levantó la babilla.

–*Buon giorno, signora* Santorino –murmuró solo para ella–. *Buon giorno, mia moglie.*

Inclinó la cabeza y tomó su boca con el primer beso de casados.

Incluso en aquel lugar, un sitio público y lleno de gente, la respuesta de ella fue lo que él deseaba. Su boca se suavizó bajo la suya, abriéndose como un capullo. Se apoyó contra él como atraída por un imán y cerró los ojos, entregándose a la caricia de una manera tan arrebatadora que el cuerpo de él se endureció inmediatamente con una fuerza primitiva, totalmente fuera de lugar dentro de una iglesia.

Ella le pertenecía, se dijo con satisfacción, dejando a un lado todas las dudas de hacía un momento, y estaba seguro de que todo continuaría así. La agarraría con fuerza y nunca la dejaría marchar y quizá algún día, cuando el dolor de la pérdida de Gary remitiera, quizá, entonces, podría amarlo.

«¡*Diavolo*!», exclamó él para sí, ya se encargaría de que así fuera. Y quizá, de aquel extraño comienzo saliera algo realmente importante.

Las palabras de Cesare retumbaban en la cabeza de Megan.

¿Sería posible que fuera la señora Santorino? ¿La esposa de Cesare?

Solo de pensarlo le daba un vuelco el corazón y el pulso se le aceleraba. Lo que había hecho y sus implicaciones eran aterradoras. Se habían casado, se habían comprometido de por vida y ¡ni siquiera estaba segura de lo que sentía!

Cuando el sacerdote pronunció las palabras que los unían en matrimonio, ella se había vuelto hacia él, intentando sonreír a pesar de su nerviosismo, para transmitirle lo que sentía, para hacerle saber que ya eran una pareja y que juntos debían hacer frente al futuro y a lo que este los deparara. Pero la mirada tan vacía y distante de los ojos de él la había dejado helada. Demostraba que ella no le había alterado y que su corazón seguía tan cerrado como siempre. Sus sentimientos, su amor por él, no eran lo que él quería de ella.

A Cesare solo le interesaba su pasión, su sexualidad, su cuerpo... eso era todo. Se lo había dejado bien claro con aquel beso. Un beso apasionado, abrasador y posesivo. Ella había respondido con el mismo ardor; pero una voz en su interior, le había dicho que aquello no era suficiente.

Cesare levantó la cabeza y su mano se cernió sobre la de ella con firmeza, con el mismo gesto posesivo que el beso. El momento había pasado y la celebración había llegado a su fin. Siguió a su marido hipnotizada hacia la sacristía para firmar en el registro y apenas fue consciente de nada.

–Felicidades, señora Santorino –dijo alguien.

Megan miró a su alrededor buscando a la madre de Cesare, extrañada porque sabía que no había podido asistir a la boda a causa de una operación de apendicitis.

–¿Dónde...? –comenzó a decir y entonces se dio cuenta de que se habían referido a ella. Que ella era la señora Santorino a la que estaban hablando.

¡Era la señora Santorino!

La sangre le subió a las mejillas y las piernas le temblaron. Si Cesare no la hubiera estado mirando tan de cerca, quizá se habría caído en redondo, pero él no había dejado de mirarla desde que se besaron en la iglesia y presintió lo que iba a suceder. Con un movimiento rápido, la sostuvo en sus brazos hasta que ella se recuperó lo suficiente para caminar agarrada a su brazo.

–Creo que mi esposa está un poco mareada –le dijo Cesare al encargado del registro.

Cuando salieron de la sacristía, Megan le dedicó una mirada cargada de odio.

–Ya le podías haber dicho que estaba embarazada.

Él la miró con frialdad.

–Tarde o temprano lo sabrán, Megan. No vas a mantener esa figura mucho más tiempo. Dentro de pocas semanas, se te empezará a notar y la gente echará cuentas y llegará a la conclusión evidente.

Ella había esperado tener un poco de tiempo para hacerse a la idea. Para aceptar lo que le había sucedido. Todo había ocurrido demasiado rápido. Hacía apenas unas semanas, estaba en la universidad, haciéndose a la idea de que estaba embarazada y de que lo suyo con Gary había terminado.

Ahora, ya estaba casada con un hombre que no la amaba. Que solo la deseaba físicamente y que le había ofrecido un matrimonio de conveniencia con la frialdad con la que se firma un contrato.

Y eso era lo peor de todo.

–No sé por qué no le dijiste que el hijo no era tuyo, pero que estabas dispuesto a aceptarlo solo para llevarme a la cama. Después de todo, no estarías mintiendo...

–Basta ya, Megan. Este no es ni el lugar ni el momento para una escena.

Cesare apenas elevó la voz más allá de un susurró, pero lo dijo con tal fuerza que ella se quedó muda e, inmediatamente, fue consciente de su comportamiento. Por suerte, estaban solos y nadie los había oído.

–Vámonos, nos están esperando.

Cesare le apretó la mano con fuerza y juntos se dirigieron hacia la salida.

La mente de Megan parecía dividida en dos. Por un lado, aquello era lo que más deseaba, estar allí del brazo de Cesare. Por otro, quería recuperar su mano y largarse corriendo.

Cuando salieron de la iglesia, los invitados los recibieron con una lluvia de arroz deseándoles que fueran muy felices. Mientras se acercaban al coche que los iba a llevar a la recepción Megan oyó a alguien detrás de ella:

–Ha sido precioso. Realmente precioso.

Reconoció la voz de la secretaria de su padre, una señora de mediana edad, romántica perdida.

Aquel comentario solo logró agravar su sentimiento de soledad. En cierto modo era verdad: había sido precioso. Había sido la boda con la que ella había fantaseado toda la vida. La escena era la misma, el novio, el mismo; pero las circunstancias que la rodeaban eran tan decepcionantes que convertía su sueño en una pesadilla.

–Si vas a tener esa cara todo el día, nadie se va a creer que esto sea un acontecimiento feliz –le reprochó Cesare mientras iban en el asiento trasero de un

Rolls Royce antiguo–. Parece que te diriges al patíbulo.

–Quizá así sea como me siento –dijo ella, concentrada en su ramo de flores–. Los dos sabemos que esta boda es una farsa.

–Bueno, pues quizá debas empezar a interpretar mejor tu papel, si no, la gente va a empezar a hablar...

–Quizá sea eso lo que quiero –dijo ella mirándolo furibunda.

–¿Y has pensado en tu padre? –le contestó él, con un tono peligroso en la voz.

Si Tom sospechara que aquel matrimonio no era de verdad, no sabía lo que podía hacer. Era capaz de rechazar la ayuda que tanto necesitaba. Y si él se retractaba, entonces, quizá ella también lo hiciera.

–¿Mi padre? ¿Qué tiene él que ver con esto?

–Si no recuerdo mal, la ayuda a tu padre era parte del trato –dijo él sin piedad.

–Dijiste que en cuanto nos casáramos... –protestó ella, esperando que él no se estuviera echando atrás.

–Pero solo si la gente cree que esto es un matrimonio de verdad. Si la gente sospecha que no hay amor, retiro la oferta.

¿Estaba amenazándola con retirarse? ¿Con no ayudarlos a ella y a su padre? No era posible que pudiera ser tan cruel.

Entonces lo miró y su expresión le dijo que Cesare Santorino podía ser así de cruel y más.

–No es justo –protestó ella–. Ese no era nuestro acuerdo.

–Lo estoy diciendo ahora. Si quieres, firmamos un documento legal con las condiciones.

Megan sabía que no tenía nada que hacer, así que volvió a clavar los ojos en el ramo.

–No hace falta. Tienes la sartén por el mango y lo sabes.

Cesare enarcó las cejas.

–Sí –insistió ella–. Me tienes justo donde quieres y tengo que hacer lo que digas o me dejarás tirada.

¿En serio creía aquello?, se preguntó Cesare. ¿De verdad pensaba que aquello no era más que una lucha de poder? ¿Acaso no se daba cuenta de que había una manera para que los dos resultaran ganadores? No dejaba de echarle en cara que la había forzado a casarse. Si dejara de pensar en lo que podría haber sido con Gary y empezara a considerar lo que podría ser entre los dos, si lo dejara acercarse a ella, entonces, las cosas podían ser muy diferentes.

Pero al mirarla, con la cara sobre las flores, negándose a mirarlo, estaba claro que no pensaba abrirle ninguna puerta.

–Megan...

Cesare puso una mano sobre las de ella y, de manera instantánea notó que se tensaba, apretando los músculos de sus manos y de sus brazos, haciendo que se arrepintiera de su acción antes de haber terminado.

¿Realmente encontraría su contacto tan desagradable? ¿Desearía que fuera Gary el que estuviera con ella en el coche? ¿Después de su rechazo, después de su traición?

Solo pensar en el otro hombre le hizo hervir de furia. Estaba furioso por el comportamiento de aquel hombre, por dejar que Megan se hiciera ilusiones con él; por haber existido siquiera. Pero sobre todo, estaba furioso porque no quería que le importara tanto.

A él no le gustaba ser el segundo en nada y no iba a empezar ahora.

–Megan... –comenzó a decir de nuevo y su tono de acero la hizo volver la cabeza hacia él.

Durante un instante, sus suaves labios se abrieron como si fuera a decir algo, pero inmediatamente después, lo reconsideró y volvió a cerrar la boca.

Para su total sorpresa, Cesare se inclinó sobre el cristal separador y llamó al conductor.

–Por favor, pare aquí un momento –ordenó resueltamente–. Tómese un minuto para estirar las piernas y respirar un poco de aire fresco.

–Cesare –protestó Megan cuando vio que el chófer hacía lo que le había pedido–. No podemos hacer esto, nos están esperando...

–Podemos hacer lo que nos dé la maldita gana. Ya esperarán por nosotros.

–Pero... –comenzó a protestar ella y él le puso un dedo sobre los labios para acallarla.

–No digas nada. Escúchame. Creo que es mejor que decidas ahora mismo si quieres que este matrimonio sea creíble o no. Porque si quieres que esto funcione, vas a tener que esforzarte mucho más por parecer una novia feliz. Si insistes en continuar con esa cara, todos se darán cuenta de que algo marcha mal. Tiene que parecer que todos tus sueños se han hecho realidad, como si no hubiera nada en el mundo que pudieras desear más.

Ella hizo una mueca.

–De acuerdo –continuó él–. En esta relación no

hay cabida para ese tipo de sentimientos –gruñó malhumorado–. ¡Pero al menos, podías intentar sonreír!

Ella puso una falsa sonrisa y, como esperaba, Cesare se mostró aún más enfadado.

–No puedo hacerlo –protestó ella–. A menos, que tú me ayudes.

–¿Yo? ¿Cómo?

Megan nunca supo de donde sacó el coraje para hacer aquello, pero, de repente, se inclinó sobre él y acercó la cara para mirarlo directamente a los ojos.

–Si tú te comportaras como un buen novio, quizá me resultaría más fácil actuar como una novia enamorada.

Los ojos oscuros de él mostraron toda la sospecha que sentía.

–¿Y cómo se supone que debo comportarme?

–Bueno...

Su voz amenazó con abandonarla y tuvo que tragar con fuerza para suavizar la garganta.

–Podías intentar besarme, por ejemplo.

La mirada que él le dedicó parecía estar llena de reproche y ella sintió que el corazón se le encogía.

–Tal vez, no sea tan buena idea.

Muerta de vergüenza, se giró hacia el otro lado, mirando por la ventana.

–Megan...

Su voz sonó muy suave, pero ella no quiso responderle.

Entonces, una mano fuerte la sujetó por la barbilla y la obligó a mirarlo.

–Un *bacio*... –murmuró con suavidad y dulzura.

Y fue el beso más dulce que jamás había recibido. El más amable, tierno y cariñoso que le habían dado en la vida. Hizo que su alma cantara de alegría y le abrió el corazón. También despertó sus sentidos con la promesa de placer y pasión y la culminación total del deseo.

Pareció durar eternamente y, aun así, nunca duraría lo suficiente para satisfacerla. Cuando por fin la soltó, ella no pudo decir ni una palabra, porque tampoco podía pensar. Solo podía permanecer clavada en su asiento flotando en un mar dorado, disfrutando del sabor de él en los labios.

Entonces, Cesare se movió, levantó la mano para llamar al conductor y aquel momento mágico se disolvió, amenazando con romperle a Megan el corazón.

Rápidamente, intentó recobrar la compostura para prepararse para el resto del viaje hacia el hotel donde se iba a celebrar la recepción.

No esperaba que Cesare dijera nada, por eso, cuando este habló, dio un pequeño respingo y se volvió hacia su cara seria con ojos inseguros.

–Dime, *moglie* mía, ¿era eso lo que esperabas? ¿Era esa la manera de hacerte sentir como una novia, de hacerte sonreír?

La luz que iluminaba sus ojos ya era una respuesta, pero quería que ella se lo dijera con palabras. Y ella quería hablar, quería decirle lo que sentía porque si no, sabía que podía estallar.

–¡Oh, sí! –respondió apretando la mano de él con fuerza, con la sonrisa que él había deseado en los labios, amplia y sincera, y un poco temblorosa en las comisuras–. Sí, Cesare, eso era exactamente lo que necesitaba.

Capítulo 6

¡POR FIN solos!

Cesare suspiró y se estiró para relajar los músculos.

–Pensé que nunca nos dejarían marcharnos.

Megan asintió en silencio, incapaz de encontrar las palabras para responderle.

«Por fin solos». Sabía que ese momento tarde o temprano llegaría, que, al final del día, todos los invitados se marcharían y la dejarían a solas con ese hombre que ahora era su esposo. Sin embargo, aún no estaba preparada para ese momento.

Llevaba todo el día presa de cambios de humor inexplicables por lo que acababa de hacer: tan pronto sentía miedo como felicidad.

Reconocía que las cosas no eran perfectas. Aún les quedaba mucho camino por recorrer antes de poder entenderse. Y «entenderse» era algo muy, muy distinto del «felices para siempre» que ella había soñado junto a Cesare. Pero ya estaban juntos. Y con cariño, trabajo duro y un poco de suerte un día podrían llegar a algo.

Estaba preparada para ese trabajo duro. Y pensaba que Cesare también lo estaba.

–¿Cansada?

La pregunta de su flamante esposo era amable y la mirada que le dedicó estaba cargada de preocupación y comprensión, al mismo tiempo.

«Otro cambio de humor», pensó Megan sintiendo que los ojos se le llenaban de lágrimas. Probablemente, se trataba de algo hormonal debido al embarazo.

–Ha sido un día muy largo... –consiguió decir.

–Sí, pero todo ha salido a la perfección. Parece que nadie ha sospechado nada.

Habían planeado cuidadosamente lo que le dirían a sus familias. La explicación que les darían para su apresurada boda.

–Les diremos que estamos enamorados el uno del otro desde hace mucho tiempo –había dicho Cesare–. Pero que no nos habíamos dicho nada porque sospechábamos que el otro no sentía lo mismo. Pero, después de la fiesta de Noche Vieja, no pudimos contenernos durante más tiempo. Nos hemos estado viendo desde entonces, mientras estabas en la universidad. Eso explicará por qué él bebé llegará tan «pronto». De todas formas, lo más probable es que sospechen algo así.

–No podremos evitarlo –había añadido Megan–. Aún con una boda muy rápida, el niño nacerá dentro de siete meses.

–Entonces les diremos las cosas directamente. Les diremos que ya hemos desperdiciado demasiados años y que ahora no queríamos esperar más tiempo, ni por la boda, ni por nada.

Eso era casi la verdad, pensó Cesare, por lo menos por su parte. Aunque con Megan la historia era totalmente inventada de principio a fin. Pero quizá, cuando pasara el tiempo, aquello cambiaría.

–No me gusta engañar a mi padre, pero, al final, creo que no le importará.

La verdad era que su padre la había impresionado porque no había mostrado el menor signo de sorpresa cuando le anunció sus planes de boda. Quizá había sido porque Cesare ya le había dicho algo sobre ayudarlo a salir del desastre financiero en el que se encontraba.

Desde luego, Tom Ellis se había comportado como una persona totalmente diferente durante la ceremonia. Había caminado con la cabeza bien alta y la espalda muy recta, como si le hubieran quitado un gran peso de encima. Sus ojos brillaban con una nueva luz y una amplia sonrisa se le dibujaba en la cara. Incluso lo había oído reírse a carcajadas, cosa que no sucedía desde hacía mucho tiempo.

–Se acostumbrará.

–Eso espero...

Solo deseaba poder estar tan segura como él. Cesare le había dicho que sería el padre de su hijo, le había asegurado que sería como si Gary nunca hubiera existido. Pero, ¿de verdad podría hacerlo? ¿Podría realmente olvidarse de la existencia del otro hombre?

Le dolía la cabeza de tanto pensar.

–Estás muy pálida. ¿Te encuentras bien?

Cesare no le pasaba ni una.

–Estoy cansada –admitió ella–; pero me imagino que es normal después de un día así.

Aunque quizá las personas que se casaban de verdad, no se sentían tan exhaustas y vacías al final del día. Una pareja que se amara se encontrarían en el mejor momento justo en aquel instante, al encontrarse solos el uno frente al otro. Quizá estuvieran cansados, pero estarían bullendo de excitación pensando que aún les quedaba la mejor parte.

–Sí, claro –reconoció Cesare–. Y, además, no estás en plena forma que digamos.

–¡Estoy embarazada, Cesare, no enferma! –dijo Megan malhumorada, consciente de las implicaciones de sus palabras–. Hay muchas mujeres que tienen que soportar cosas mucho peores y se las arreglan.

–Solo quería asegurarme de que no estás esforzándote demasiado. Pareces muy cansada.

Megan tuvo que morderse el labio inferior para no gritarle. Sabía que lo que en realidad quería saber era si estaba «demasiado» cansada o, por el contrario, estaba lista para su noche de bodas. Sentía ganas de gritarle que se lo dijera directamente: «¿Estas lista para acostarte conmigo?»

También sabía que le diría que sí.

Tenía que ser así. No podía ser de otra manera.

Por supuesto que estaba lista para acostarse con él; para hacer el amor con él. No había lugar para la duda en su mente. Era lo que quería, lo que había deseado toda su vida. Amaba a Cesare y quería hacer el amor con él. El sexo no era el problema.

Pero admitirlo sí lo era.

No podía decírselo así, abiertamente, porque no podía confesarle lo que sentía por él. Ya lo había intentado en Noche Vieja y él se había reído en su cara.

Ahora no podría soportarlo otra vez. No, en su noche de bodas.

Además, necesitaba desesperadamente llevarse bien con él.

–No te preocupes, en serio –dijo y decidió arriesgarse–: Ha sido un día realmente precioso.

Esa afirmación lo pilló totalmente desprevenido.

–Me alegro –fue todo lo que él respondió.

–De verdad.

No pensaba dejar que su respuesta fría e impersonal la afectara. Sabía que en realidad no podía sentir tanta indiferencia como pretendía.

Quizá él pensara que esa noche lo había tenido todo controlado, pero en algunas ocasiones se había relajado y como resultado habían disfrutado de los mejores momentos del día.

Momentos que ella había abrazado para sí en secreto, sin querer compartir con nadie lo que significaban para ella.

El primero fue cuando llegaron a la recepción. Le habían dado una copa de champán y no sabía qué hacer con ella, entonces, Cesare se la cambió por otra con un líquido de igual color.

–Es zumo de manzana y agua con gas –le explicó al oído–. No creo que esté muy bueno, pero al menos no te hará daño.

Siempre había estado a su lado, comprobando que estaba bien. Cada vez que miraba hacia donde él estaba, se encontraba con su mirada pensativa, sus ojos oscuros vigilando cada movimiento, observando todo lo que hacía. Y si la veía cansada o dudosa, cada vez que necesitaba apoyo, aparecía a su lado por arte de magia.

También habían bailado juntos. Primero el vals

que abría el baile. Cesare la había tomado de la mano y la había llevado hacia el centro de la pista. La había mantenido muy pegada a su cuerpo, sujetándola con cariño y ternura, provocándole las mismas sensaciones que el beso que le había dado en el coche. Como resultado, el último vestigio de recelo había desaparecido. Mientras bailaban, había tenido la sensación de que sus pies no tocaban el suelo mientras sus ojos permanecían clavados en los de él, como si no existiera nada más en el mundo. Los sonidos, los colores, la otra gente, todo parecía haberse desvanecido, como si Cesare y ella estuvieran solos, solos en el mundo entero. Y eso era exactamente lo que ella había deseado.

Y, por fin, la noche había llegado, el fin de la fiesta.

Llegaron a la casa que Cesare tenía a las afueras de Londres donde iban a pasar la primera noche. Cesare despidió al chófer con una buena propina y se volvió hacia ella.

–Pasaremos la noche aquí –le había explicado–; pero nuestra verdadera luna de miel comenzará mañana.

Ella se había mostrado muy sorprendida por lo que él se puso bastante cínico.

–¿No pensarías que había pasado por alto un detalla tan importante?

–No, no creo que pases nada por alto; pero pensé que una luna de miel no era lo más «apropiado» para un matrimonio como este.

–Todo lo que es «apropiado» para cualquier matrimonio, lo es para el nuestro.

El cinismo con el que repitió la palabra que ella había subrayado, la hizo estremecerse.

–Solo quería decir...

–Sé exactamente lo que querías decir– soltó Cesare con un tono más áspero aún–. Pero te aconsejo que vuelvas a plantearte las cosas y rápidamente. No me importa lo que pienses, pero, por lo que a mí respecta, nuestro matrimonio es tan real como cualquier otro. Ya no hay vuelta atrás, *cara*. Estamos casados y así va a continuar.

–Lo... lo sé... –comenzó a decir Megan, pero él volvió a interrumpirla.

–Yo no he pasado por esta boda para hacer un circo. Cada palabra que dije en la ceremonia, la dije en serio. Tú eres mi esposa y yo, tu marido.

A Megan solo se le ocurría asentir, todavía sorprendida por la actitud tan posesiva con la que había pronunciado aquellas palabras.

–Y vamos a cumplir con todas las tradiciones, todos lo ritos, incluido este...

Y mientras ella todavía estaba registrando sus palabras, él abrió la puerta y la tomó en brazos, haciéndola contener el aliento.

–¡Cesare!

El aliento se escapó de sus pulmones con un grito ahogado mientras se agarraba con fuerza a sus hombros. Pero no había nada que temer, él la tenía bien sujeta. Atravesó con ella el umbral y la dejó en el vestíbulo. Lentamente, deslizando deliberadamente su cuerpo por el de cuerpo musculoso de él; las piernas, las caderas y, por fin, el pecho. Ocasionando un contacto tan íntimo que cuando ella posó los pies sobre el suelo, apenas podía sujetarse sobre las piernas. Él corazón se había puesto a palpitarle a toda velocidad mientras la sangre adquiría una temperatura anormal.

El deseo que sentía por ella había resultado imposible de ocultar, pero aún quedó más patente en el beso que siguió. En la manera en la que se apoderó de sus labios, con una fuerza exigente que hablaba de pasión y que prometía que nunca olvidaría aquella noche. Y ella respondió a aquella promesa demostrando su propia necesidad, besándolo con toda la intensidad y la emoción de la que era capaz.

–Te deseo –le dijo él–. Te deseo más que a la vida misma. Siempre ha sido así y así siempre será.

La intensidad con la que pronunció aquellas palabras la hizo temblar.

–Y todavía no ha acabado... nuestra boda.

Ella sintió que estaba a punto de decirle lo que sentía, de hablarle de la emoción que la recorría con solo pensar en lo que estaba por llegar; pero aún no había llegado el momento.

–Me gustaría refrescarme un poco...

–Por supuesto. Esta tarde trajeron tus maletas. Encontrarás todo lo que necesites arriba.

La acompañó por unas escaleras a un dormitorio enorme decorado en tonos verdes con un gigantesco mirador que daba a un jardín trasero del tamaño de un parque.

–El baño está por aquí... –le indicó, señalando hacia una puerta al otro lado de la habitación.

Allí encontrarás todo lo que necesites, pero si quieres algo más, solo tienes que decírmelo.

–Ajá.

Apenas podía articular palabra. El tamaño de la cama de matrimonio, tan grande como todo en la vida de aquel hombre, le había dejado sin habla.

De acuerdo, podía decirse que lo deseaba tanto como él a ella. Quizá se sintiera nerviosa por lo que iba a pasar entre ellos. Pero ese nerviosismo se mezclaba con una tensión que la dejaba agarrotada al enfrentarse con el lugar donde iba a suceder todo. Con la cama en la que Cesare la tomaría, en la que la haría suya.

Se sentía tan nerviosa e insegura como cualquier virgen durante su noche de bodas.

Cada vez que se besaban, la pasión estallaba en ellos; pero ¿bastaría con eso? Algo le decía que sí, que Cesare la ayudaría a alcanzar la satisfacción plena. Porque la verdad era que con Gary no la había logrado, ni de cerca.

Gary le había hecho el amor de manera muy insulsa. De hecho, había estado tan extrañada con su falta de respuesta que se había llegado a preguntar si le pasaría algo. Ahora se preguntaba lo contrario, por qué él no había hecho nada para excitarla y, sin embargo, con solo besarla...

–Ponte cómoda –le dijo Cesare, demasiado pendiente de los asuntos prácticos–. Tómate el tiempo que necesites.

–Gracias.

En el camino hacia la puerta, se paró en seco y se volvió hacia ella.

–¿Te he dicho que hoy estabas preciosa? Más que eso, estabas divina. Cuando estaba en el altar, me sentí muy orgulloso cuando te vi dirigirte hacia mí.

–Yo me sentí muy orgullosa de caminar hacia ti –consiguió decir ella, aunque la voz le salió ronca.

¿Por qué se quedaba allí de pie? ¿Tan lejos de ella? Si se acercara, si la acariciara...

Intentó decirle lo que deseaba con la mirada, pero él parecía no escucharla.

–¿Necesitas algo más?

–N... no. Creo que tengo de todo.

Nada más lejos de la verdad. Lo que realmente necesitaba era que él se acercara, la tomara en brazos y la apretara con fuerza. Deseaba que la acariciara, que la besara hasta dejarla sin sentido, que ahuyentara todos sus temores e inseguridades y que los remplazara con la pasión con la que la había devorado aquel día en la biblioteca de la casa de su padre.

Pero, obviamente, Cesare estaba siendo considerado, mostrándole la paciencia y sensibilidad que pensaba que ella necesitaba.

–Entonces, te dejaré en paz.

–Gracias.

La decepción que sentía la hacía replegarse sobre sí. Una decepción cada vez más fuerte y más amarga al verlo alejarse de nuevo.

Pero los recuerdos de la crueldad con la que la había rechazado en la fiesta de Noche Vieja eran tan nítidos que le impedían llamarlo.

Se suponía que aquella era su noche de bodas. La noche en la que consumarían su relación haciéndose el amor. Pero la actitud de Cesare había dejado claro que en su mente no había ninguna relación que consumar. Había declarado que la deseaba físicamente y esa pasión había sido suficiente para casarse con ella; pero no había nada más, ningún sentimiento que ofrecerle.

Se sentía muy desdichada.

Se quitó los zapatos de un puntapié y se dirigió hacia el baño, realmente necesitaba una ducha para volver a sentirse humana.

«*Porca miseria*», dijo Cesare para sí, mientras bajaba las escaleras. ¿Conseguiría algún día que aquello funcionara?

Había querido hacerlo todo con delicadeza. Darle tiempo para adaptarse. Pero parecía que todavía lo veía como a un enemigo. Como alguien a quien temía y en quien no confiaba.

Al llegar al salón, fue directo hacia las bebidas. Cuando se iba a servir una copa, se paró en seco.

–Así no, idiota –se recriminó en voz alta.

Ese había sido su error en la fiesta de Noche Vieja. Para mantener la promesa que le había hecho al padre de Megan, se había tomado una copa... bueno, más de una, o quizá demasiadas. Se había imaginado que así podría distraerse un poco y no estar tan pendiente de ella, de lo preciosa que estaba. Pero no había funcionado. Si acaso, lo había empeorado todo. El alcohol había despertado aún más sus sentidos, haciéndolo demasiado consciente de su arrebatadora belleza, de su pelo precioso y sus ojos radiantes, de la delicada textura de su piel, de las enervantes líneas de su cuerpo...

Cada vez que pensaba en ella, sus músculos se

tensaban, pidiéndole que se introdujera en la femenina suavidad de su cuerpo y se abandonara a las delicias de amarla.

–¡*Dio*! –volvió a murmurar, furioso consigo mismo y con las circunstancias en las que estaba atrapado.

Si ella hubiera hecho los años antes. O si su padre hubiera puesto como fecha el día que cumplió los veintiún años en lugar de los veintidós...

Pero Tom se había casado con su esposa cuando ella tenía veinte años y culpaba a ese hecho de toda su infelicidad. Su mujer había sido demasiado joven para saber lo que quería. En realidad, no había vivido lo suficiente, no había disfrutado ni había sabido lo que era tener libertad. A los seis meses, se quedó embarazada de Megan y se sintió atrapada por la maternidad y el matrimonio. Antes de que su hija cumpliera lo diez años, se había marchado de casa en busca de la libertad que no había vivido, abandonando a su hija y a su marido.

Tom Ellis nunca se recuperó de aquello.

Por eso, quería lo mejor para su hija y pensaba que Cesare tenía que esperar a que viviera un poco.

Él había estado de acuerdo, se dijo Cesare, dándole un puntapié a una silla que encontró en su camino. Siempre había deseado lo mejor para ella, por eso había accedido a esperar. Al menos, hasta que acabara la carrera para que pudiera disfrutar de las experiencias y la libertad de las que su madre había carecido.

Y se las había arreglado muy bien mientras ella lo encontraba viejo y aburrido, cuando había mantenido las distancias. Pero aquellas navidades, le había costado horrores mantener su promesa. Desde el principio de las vacaciones, había quedado claro que Megan había cambiado. Se había convertido en una mujer hermosa y él no había podido apartar los ojos de ella. Ella se había dado cuenta y había coqueteado con él en cuanto había podido. Después, en Noche Vieja, había hecho algo más que coquetear: se le había lanzado al cuello. Le había dicho que había estado loca por él durante muchos años. Que lo amaba. Después, se lo había llevado a una esquina oscura donde lo había besado hasta que la cabeza empezó a darle vueltas y se sintió tan excitado que pensó que no iba a poder aguantar más. Después, le había susurrado que podían ir a su habitación, que nadie se daría cuenta....

«¡*Porca miseria*!»

Se volvía loco al recordar la batalla que tuvo que pelear para resistirse. La lucha entre su deseo y la promesa que le había hecho a su padre.

Al final, sumergido en una botella, había logrado rechazarla. Le había dicho que no la quería, que solo le interesaban las mujeres no, las jovencitas. No había sido amable; pero no había encontrado nada mejor para escapar de aquella tortura.

Después, se había ido a casa y se había emborrachado por completo. Pero no había servido de nada.

Y ahora, tampoco serviría. Esa noche tenía que permanecer sobrio, tenía que dominar la situación. Porque esa noche, iba a comenzar la campaña para volver a ganarse a Megan, para lograr que se olvidara de aquel bastardo de Gary.

Esa noche iba a hacerle el amor con delicadeza y ternura. Pensaba seducirla, llevársela a la cama, quitarle toda la ropa y recorrerle el cuerpo a besos.

Y cuando le hiciera el amor, se iba a asegurar de que borraba todo el rastro de Gary Rowell. La haría sentir tal éxtasis que nunca volvería a pensar en aquel desgraciado, solo él ocuparía su mente.

Le había prometido que esperaría, pero ya no podía más. Tenía que verla, que estar con ella.

Seguro que ya había terminado de ducharse.

Subió las escaleras de dos en dos y abrió la puerta de par en par entusiasmado.

–Megan, sé...

No estaba allí. La habitación estaba vacía y la puerta del baño seguía cerrada.

Sacó una caja de terciopelo del cajón superior del aparador y lo colocó sobre la almohada, del que sería el lado de Megan. Con un suspiro de satisfacción, se sentó en el extremo de la cama a esperar.

Y esperar.

Después de unos minutos, volvió a sentirse intranquilo.

–¡Megan! –llamó en voz alta–. ¿Estás bien?

–Dame un minuto más –respondió ella.

Cesare sonrió para sí y respiró profundamente; tenía que tranquilizarse.

Pero los minutos pasaban y Megan seguía sin aparecer.

–¡Megan! ¿Qué estás haciendo?

No, la impaciencia no era una buena idea. No quería asustarla y no quería ponerla más nerviosa de lo que ya debía estar.

Se obligó a volver a la cama y miró a la caja de terciopelo. Levantó la almohada para ponerla debajo. Al hacerlo, tocó la seda de un camisón minúsculo y sonrió satisfecho.

¿Por qué iba a haber llevado aquella cosa provocadora si no era porque quería estar sexy cuando estuviera con el? ¿Porque quería seducirlo y satisfacerlo?

Aquella idea era tan deliciosa, tan excitante que cuando oyó el cerrojo del baño, se volvió como un niño ansioso, deseando ver al único amor de su vida.

En cuanto le vio la cara, supo que algo terrible había sucedido. Si antes le había parecido que estaba pálida, ahora estaba cenicienta. Tenía un aspecto incluso peor que aquel día en la biblioteca cuando le había confesado lo que le había sucedido.

–Meggie... ¿qué pasa? –preguntó–. Dime...

–¡Cesare, ayúdame! –lo interrumpió ella, con la voz temblándole por la desesperación–. Ve a buscar a un médico, por favor. Date prisa, estoy... estoy sangrando.

Capítulo 7

DESDE el terrible instante en el que se dio cuenta de lo que le estaba sucediendo, la mente de Megan se convirtió en un grito de terror y el pánico se apoderó de ella.

Apenas fue consciente de ir tambaleante hacia la puerta para abrirla. Pero sabía que tenía que encontrar a Cesare, tenía que estar con él, suplicarle que la ayudara.

Él sabría qué hacer.

Y por supuesto que lo supo.

No perdió ni un segundo en llamar a un médico mientras se ocupaba de ella. La envolvió en un albornoz que agarró de detrás de la puerta de la habitación mientras gritaba órdenes al teléfono. Después, mientras le ataba el cinturón, la reconfortó con palabra suaves llenas de cariño.

–Aguanta un poco, *cara* –la animó–. No te asustes. Todo va a salir bien, Yo cuidaré de ti. Solo agárrate a mí, agárrate con fuerza. Yo me aseguraré de que todo sale bien.

Megan deseó poder creerlo. Poder esperar y confiar en que las cosas iban a salir bien. Pero el dolor desgarrador que sentía en su interior y las terribles náuseas le decían otra cosa.

Era imposible que el embarazo pudiera continuar. De eso estaba segura.

Aun así, al estar en los brazos de Cesare, sentía un calor primitivo. Gimoteando de dolor, se abandonó a su abrazo.

Apenas se dio cuenta de que la tomaba en brazos y la llevaba a un coche. El trayecto fue incómodo y tuvo mucho miedo, pero la fuerza de los brazos de su marido y el sonido de su voz impidieron que gritara angustiada.

Cuando llegaron al hospital, no tuvo que esperar nada. Cesare le había conseguido la mejor atención, la mejor habitación y al doctor más preparado.

Pero ni el doctor más experimentado ni el mejor equipo del mundo tenían nada que hacer. Nada podía parar la hemorragia. Nadie podía evitar lo que estaba sucediendo. Solo podían darle algo para mitigar el dolor y esperar a que la naturaleza siguiera su curso. No había marcha atrás y solo podían rendirse ante lo inevitable.

A la mañana siguiente, cuando Megan se despertó del sueño intranquilo en el que había caído al final de aquella noche larga y desoladora, el médico que la había atendido fue a verla y supo que el destino aún le deparaba otro duro golpe.

No había perdido al niño porque nunca había habido uno. No estaba embarazada porque nunca lo había estado. Había sido su imaginación la que le había jugado aquella mala pasada. No había habido embarazo, todo habían sido imaginaciones suyas.

–¡Pero me hice una prueba! –se quejó ella, incapaz de asumir todo el horror de lo que le había sucedido–. Dio positiva.

Solo se le ocurría agradecer al médico que hubiera elegido un momento en el que Cesare no estaba a su lado. Después de una noche larga sin dormir, se había ido a casa a descansar un rato. Su mujer estaba fuera de peligro y lo único que necesitaba era dormir. Así que le dijeron que él hiciera lo mismo que lo avisarían si pasara algo.

–Los test de embarazo de la farmacia no son fiables al cien por cien –le dijo él médico–. Siempre hay una pequeña posibilidad de error y, parece ser, que eso fue lo que pasó esta vez.

–Pero me sentía tan mal... y no me venía la regla. Tuve dos faltas.

–Probablemente, por eso ha sido tan dolorosa esta vez. Pero eso sucede a veces. Por un periodo de estrés emocional, de agotamiento, por no comer bien... ¿Ha pasado por alguna de estas circunstancias?

–Por todas. Estaba en medio de los exámenes finales.

Y también se acababa de enterar de que el hombre con el que salía estaba casado y tenía dos hijos. Y que había estado jugando con ella. Había tomado su virginidad sin ningún tipo de escrúpulos y la había utilizado como una diversión sexual mientras estaba en Inglaterra.

Probablemente, su mayor atractivo había sido su virginidad. Había visto su inocencia como un reto y se había propuesto conquistarla, tomarla como un trofeo.

–Estaba tan segura de que estaba embarazada...

Todavía no se podía hacer a la idea.

–Nuestras mentes son sorprendentes. Pueden hacer maravillas y también jugarnos muy malas pasadas. Cuando estamos sometidos a estrés, la mente puede hacerle pensar a nuestro cuerpo que está sucediendo otra cosa. He visto a docenas de personas con todos los síntomas de una enfermedad cuando en realidad no tenían nada.

Y mientras Megan intentaba asimilarlo, el médico continuó animándola. Al menos, eso creía que estaba haciendo.

–Intente ver el lado bueno. Su marido me ha dicho que se acaban de casar y quizá sea mejor no tener un bebé tan pronto. Así podrán tener una verdadera luna de miel, pasar un tiempo juntos y disfrutar de las primeras semanas, libres de otros compromisos y obligaciones. Después, cuando estén listos, pueden pensar en tener niños. Seguro que su marido lo comprenderá.

Y eso era lo peor de todo.

Quizá, si Cesare fuera su marido de verdad, entendería. Si se hubiera casado con ella por amor y porque quería pasar su vida junto a ella, envejecer con ella, entonces, ese contratiempo, ese error inocente que había cometido no importaría en absoluto.

Pero su marido no era su marido. Solo era su marido de nombre. No se había casado con ella por amor sino porque pensaba que estaba embarazada. Con un bebé que ya no existía. Un bebé que solo había existido en su imaginación.

–¿Quiere que yo se lo diga? –preguntó el doctor.

–¿Todavía no lo sabe?

¡Oh, Dios! ¿Cómo iba a reaccionar?

–No... no... yo se lo diré. Se lo tomará mejor si se lo digo yo.

Si eso pudiera ser verdad. Si hubiera alguna manera de que Cesare se lo tomara bien. Pero ella sabía que eso era imposible. Su reacción iba a ser tan explosiva como una erupción del volcán Etna. No importaba lo que hiciera o lo que dijera, iba a tener que hacer frente a las consecuencias y el corazón se le encogía solo con pensar cuáles podían ser. Pero tenía que ser ella; no podía dejar que otra persona se lo explicara.

Al ver la cara de Cesare cuando entró en la habitación, casi pierde la poca confianza que le quedaba. Quizá lo hubieran mandado a casa a que descansara, pero estaba claro que no había aprovechado la oportunidad. Unas enormes ojeras le rodeaban los ojos y, por primera vez desde que no lo conocía, no estaba perfectamente afeitado.

–¿Qué tal estás? –le preguntó antes de entrar del todo en la habitación.

–Estoy... bien.

–¿Y el bebé?

–Me... me temo que no habrá bebé.

–¡Oh, Megan!

Se acercó a la cama y se sentó a su lado para tomar su mano.

–Siento mucho...

–¡No!

No podía dejar que continuara pensando que había perdido el niño. Su conciencia nunca la dejaría en paz si lo hiciera.

–No es lo que tú crees. No es así.

–¿Así, cómo?

No podía soportar mirarlo a los ojos, con aquella mirada fija en su cara, así que miró hacia las sabanas.

–No habrá bebé porque... porque...–tragó con fuerza, obligándose a continuar–. Porque nunca lo hubo.

Él se quedó totalmente helado.

–No entiendo... ¿Qué quieres decir con que nunca lo hubo? –había una nota de incredulidad y de advertencia en su voz.

Megan abrió la boca en un par de ocasiones para explicarse, pero no encontró las fuerzas para decir nada. Cuando por fin logró hablar, su voz sonó chillona, como si no le perteneciera.

–Parece ser que nunca estuve embarazada... me estaba engañando a mí misma.

–¿Qué? Pero... si te hiciste la prueba.

–Sí, pero como tú dijiste no son fiables al cien por cien.

–¿Me quieres decir que después no fuiste al médico?

Megan solo podía negar con la cabeza en silencio, tragándose la amargura de su voz. Si hubiera perdido los nervios, si le hubiera gritado, ella lo habría entendido.

–¿No crees que habría sido lo más inteligente?

Megan levantó la cabeza y lo miró desafiante.

–Por supuesto que habría sido lo más inteligente.

Si hubiera podido pensar con claridad. Pero no podía, maldito seas. Estaba sola y me sentía perdida y engañada y luego llegaste tú...

–Y pensaste que habías encontrado al idiota que podía hacerse cargo de todo.

–No. Nunca pensé así. Nunca te tomaría por idiota. Además, yo...

Se cayó de repente al darse cuenta de lo que había estado a punto de decir. ¿De verdad era tan estúpida para arriesgarse a decirle que lo amaba? El estómago se le encogió dolorosamente al pensar en lo que habría sucedido.

–¿Y además...? –repitió él peligrosamente.

–¡Y además, tú no estabas demasiado preocupado por el asunto! ¡Lo único que te interesaba era casarte lo antes posible para llevarme a la cama!

Ojalá hubiera podido negarlo. Pero no podía. La verdad era que Megan había dado en el clavo. Desde luego, si hubiera tenido la cabeza en su sitio, la habría llevado a un médico.

Pero no había tenido la cabeza en su sitio. Al menos no la había utilizado. Había dejado que ganara otra parte de su anatomía mucho más básica. Y esa parte no había querido esperar.

Eso no lo dejaba en mejor lugar que el tal Gary Rowell.

–¿De verdad piensas eso?

–No lo pienso, lo sé –dijo ella furibunda–. No intentarás negarlo, ¿verdad? Porque si lo hicieras, no te creería.

Eso había dicho su boca, pero su corazón deseaba que lo negara todo.

–No –respondió él con cinismo–. No voy a negarlo. Lo único que quería era llevarte a la cama y pensé que casándome contigo era la mejor forma de conseguirlo.

Ella lo sabía y lo había esperado. Entonces ¿por qué le hacía tanto daño? Era como si le rasgaran el corazón.

–Bueno, gracias por decírmelo tan claro –respondió con el mismo cinismo.

–Yo siempre hablo claro. Siempre digo la verdad –respondió él–. No, como otras personas.

–¡Yo pensaba que estaba embarazada!

–«Pensaba» no es suficiente.

Cesare se puso de pie y su aspecto era tan fiero que Megan se encogió en las almohadas.

–Si hubieras pensado, *cara*, no nos habrías metido en esta farsa de matrimonio de la que nos vamos a arrepentir toda la vida.

–Yo...

Abrió la boca para decirle que ella no iba a arrepentirse, pero al ver la frialdad de sus ojos, decidió que tenía que callarse. Por un lado, nunca la creería; por otro, no quería rendirse totalmente ante él.

–Estoy completamente de acuerdo –dijo ella, en lugar de lo que pensaba.

–Bien. Por lo menos estamos de acuerdo en algo.

Mientras hablaba, se estaba volviendo hacia la puerta. Tenía que salir de allí, inmediatamente, se dijo a sí mismo. Tenía que marcharse antes de que abriera demasiado la boca y dijera algo de lo que pudiera arrepentirse. Las palabras se amontonaban en su cerebro por lo que tenía que hacer un esfuerzo para no hablar, para no declarar lo tonto que era.

Por supuesto que no había pensado en comprobar si realmente estaba embarazada. ¡Ni siquiera se le había pasado por la cabeza! Todo lo que había visto había sido la oportunidad perfecta para hacerla suya y la había agarrado sin pensárselo dos veces. Ni si quiera le había preocupado que ella no estuviera enamorada de él; tenía la esperanza de que, con el tiempo, aprendiera a amarlo y pudieran convertir su matrimonio en uno verdadero, por el bien de ambos y por el del bebé.

Pero ahora parecía que, después de todo, no había bebé. Y sin esa presión, Megan se iba a arrepentir del error que había cometido al casarse con él.

–Es una pena que no tuvieras el periodo veinticuatro horas antes. Eso nos habría evitado un montón de problemas.

–¡Yo estaba pensando exactamente lo mismo! Otra cosa en la que estamos de acuerdo.

La ironía era tan dura, tan amarga, que Cesare no pudo evitar una carcajada.

–¡Vaya! Parece que va a resultar que nos llevamos mejor de lo que pensábamos. ¿Qué opinas, *cara*? Quizá si nos aplicamos podemos hacer que esto funcione.

–Nunca –dijo ella azuzada por la ironía de él–. Preferiría pasar el resto de mi vida en el infierno a pasarla contigo. De hecho, preferiría no volver a verte nunca.

–Tus deseos son órdenes...

Él se inclinó en un gesto burlón, pero la expresión de su cara estaba muy lejos de reflejar cortesía.

–Eso es algo que no me va a costar nada.

Lo decía en serio, pensó Megan temblorosa mientras lo veía girar sobre sus talones y dirigirse hacia la puerta. ¡No podía dejar que se marchara! ¡No, de aquella manera!

–Pero Cesare... –gruñó ella.

Al principio, pareció que iba a ignorarla, pero justo en la puerta, se paró.

–¿Qué?

Ni siguiera se volvió para mirarla.

–El médico me ha dicho que puedo marcharme a casa...

El aliento se le escapó entre los dientes silbando como una serpiente.

–Te mandaré un coche –dijo por fin–. Estará listo cuando quieras. Perdona que no me ofrezca para llevarte, pero realmente creo que cuanto menos nos veamos, mejor.

Capítulo 8

REALMENTE creo que cuanto menos nos veamos, mejor».

Esas habían sido las últimas palabras de Cesare antes de abandonar la habitación. Y lo había dicho muy en serio. Si Megan había tenido alguna duda sobre la veracidad de aquellas palabras, esta se disipó rápidamente durante los días que siguieron a su vuelta a casa.

El coche llegó a recogerla tal y como Cesare le había prometido, pero de él, ni rastro. Esa noche, ni siquiera fue a casa a dormir.

Al día siguiente, apareció un ama de llaves que había contratado para que se encargara de todo. Pero él no apareció hasta medianoche, cuando Megan ya llevaba acostada unas cuantas horas. El sonido de su coche la despertó, pero, exhausta por las emociones y los acontecimientos de los últimos días, solo tuvo energías para levantar la cabeza un poco antes de volverse a dejar caer sobre los almohadones, totalmente dormida.

Por la mañana, se marchó antes de que ella se levantara. Debía haber dormido en otra habitación porque su lado de la cama seguía intacto. No había el menor rastro de su aroma, ninguna señal de su cuerpo musculoso sobre las sábanas o de su cabeza sobre la almohada.

Y así continuó la vida durante la primera semana.

Día tras día, Megan intentaba ver al hombre con el que se había casado, pero no lo conseguía. Se quedaba despierta hasta muy tarde; pero siempre se dormía antes de que llegara. También se despertaba temprano por las mañanas, pero parecía que él tenía un sexto sentido para evitarla.

Pasaron diez días hasta que logró verlo. Y solo lo consiguió porque se negó a darse por vencida. Apagó todas las luces de la casa para que pareciera que no había nadie y se sentó en el salón en una silla incómoda donde era imposible quedarse dormida. Colocó la silla al lado de la puerta, mirando hacia el vestíbulo de manera que, si entraba alguien, se daría cuenta al instante. Y esperó.

Y esperó.

Al final, casi no lo ve. A pesar de lo incómoda que estaba, los ojos se le cerraban sin poder evitarlo. Afortunadamente, el sonido de la llave en la cerradura la despertó.

Lo vio entrar vestido con un traje de chaqueta. Su camisa era de lino blanco y estaba un poco arrugada después de todo un día de trabajo. Se había aflojado la corbata de seda azul que le colgaba del cuello dándole un aspecto de hombre disoluto que vuelve a casa después de una fiesta.

Nada más verlo, a Megan le dio un vuelco el corazón.

Parecía que el tiempo que había pasado sin verlo había acentuado la necesidad que sentía por él. Su apetito se había acentuado con cada día de abstinencia hasta alcanzar límites insoportables. El impacto sensual que le causó su presencia, la dejó sin habla y sin aliento.

En el mismo instante en el que Cesare la vio sentada junto a la puerta, se quedó paralizado; después, miró hacia atrás como considerando las posibilidad de escapar. Pero debió decidir quedarse porque, sin apartar los ojos de ella, cerró la puerta tras él. Se quitó la chaqueta y, con decisión, caminó hacia ella, parándose a escasos centímetros.

–Buenas noches, Megan –saludó, mirándola a los ojos–. ¿A qué debo el placer de tu presencia aquí esta noche?

Megan dudó de que fuera ningún placer, y sospechaba que la pregunta, al igual que el tono utilizado, tenían la intención de amedrentarla. Casi lo consigue, pero, después de una pequeña lucha consigo misma, logró contener el impulso de salir corriendo para huir de la expresión hostil de aquellos ojos negros.

–¿Conoces el refrán que habla de Mahoma y la montaña?

–Creo que lo he oído. Algo sobre que si Mahoma no va a la montaña...

–... entonces, la montaña irá a Mahoma.

–Y, en este caso, debo entender que tú eres la montaña. De verdad, Megan, ningún hombre te tomaría por una montaña. De hecho, creo que has perdido bastante peso desde la última vez que te vi.

A Megan no le extrañó que fuese cierto; durante los últimos días, había perdido completamente el apetito.

–Si lo que quieres es distraerme con ese comentario, me temo que no funcionará. Si acaso, pone énfasis en el tiempo que llevamos sin vernos.

–He estado muy ocupado.

–¿En tu luna de miel? No creo que esa sea la manera habitual de comportarse de un recién casado.

–Pero yo no soy un recién casado normal –le respondió él, con cinismo–. Tampoco creo que nadie describa esta especie de matrimonio como algo normal.

–Quizá no –tuvo que admitir ella–; pero te recuerdo que fuiste tú el que insistió en que debíamos hacer creer a la gente que éramos un matrimonio normal. Que, en público al menos, debíamos dar la impresión de que de verdad éramos marido y mujer. No creo que eso sea posible si nunca estamos juntos.

–¡Así que ahora estoy descuidando mis deberes de esposo! –dijo él con cinismo–. Perdóname, *cara*, pensé que no querías volver a verme en la vida. No sabía que habías cambiado de opinión.

–Sabes muy bien que estaba exagerando. Igual que sabrás que no podemos continuar así. Cesare, tenemos que hablar.

–¿Tenemos? –repitió él, peligrosamente, poniéndole el vello de punta.

Entonces, cuando ella se había convencido de que no estaba dispuesto a escucharla, de que se pensaba largar sin ni siquiera mirar atrás, él levantó los hombros y extendió las manos en un gesto de rendición muy italiano.

–De acuerdo. Si quieres que hablemos, hablaremos.

Se adentró en el salón, pasando por su lado con cuidado de no rozarla. Después, se dirigió al mueble-bar, agarró un vaso y se sirvió un generoso chorro de whisky.

–Ya puedes hablar– dijo después de dar un trago–. ¿Quieres tomar algo?

Megan sabía que la estaba provocando; pero negó con la cabeza en silencio. Se levantó de la silla y se dirigió hacia el sofá de piel que había bajo la ventana.

–¿Estás segura? Pareces nerviosa, quizá un trago te ayudaría a relajarte. Y como ya sabemos, no tienes que preocuparte por el alcohol.

–Estoy bien sin beber, gracias.

Quería mantener la cabeza bien despejada. Cuando Cesare estaba de aquel talante era bastante peligroso y ella no quería correr el riesgo de provocarlo más de lo inevitable.

–He estado pensando en lo que ha sucedido y he llegado a una conclusión.

–¿Ah, sí?

Cesare se llevó el vaso a los labios y dio otro trago. Su mirada estaba cargada de sospechas y Megan sintió como si le clavara un puñal en el corazón. ¿Realmente la odiaría tanto que no confiaba en nada de lo que le pudiera decir?

–¿Y a qué conclusión has llegado?

Se dejó caer en un sillón frente a ella con aparente tranquilidad, pero sin intentar ocultar la frialdad y la dureza de su mirada.

–Una que espero que apruebes.

Ella había estudiado el problema desde todas las

perspectivas posibles durante las largas horas que había pasado sola y había llegado a una conclusión evidente. Sabía que para ella sería muy duro y le rompería el corazón, pero era lo único que podía hacer por él. Si él no quería su amor, entonces, lo menos que podía hacer era devolverle su libertad.

Megan se mordió el labio para recobrar el control y la fuerza necesarios para contener las lágrimas que anegaban sus ojos.

–No te preocupes, Cesare. Lo único que estoy planeando es dejarte en libertad. Es muy fácil, de verdad.

–¿Ah, sí?

–Este matrimonio fue un error desde el principio. Y ahora que la situación ha empeorado, podemos separarnos. No tenemos que estar juntos. Y como, en realidad, nunca... nosotros nunca...

–Consumamos el matrimonio... –acabó él por ella.

–Bueno, eso... Ni siquiera tendremos que divorciarnos. Podemos conseguir una anulación.

–¡No!

–¿No?

Megan no podía entenderlo. ¿No era aquello lo que él quería? Había estado segura de que él apreciaría la oportunidad de quedar en libertad.

–¡No! –insistió Cesare.

Se puso de pie con energía, su mirada seguía siendo fría y tenía la mandíbula apretada.

–¿Crees que te permitiría hacer una cosa sí? ¿Que dejaría que te marcharas cuando no han pasado ni siquiera quince días? ¡Por el amor de Dios! Por supuesto que no lo permitiré.

Era el rugido de un león herido y lo sabía. En lo más profundo de su ser, tenía que admitir que si ella lo tenía tan claro, que si no quería quedarse, no había nada que él pudiera hacer para mantenerla allí. Por mucho que él deseara que se quedara.

Al principio, cuando se enteró de que nunca había estado embarazada, se había sentido cegado por la ira. Entonces, había sido él el que había deseado acabar con aquel matrimonio de ficción.

Sin embargo, se había obligado a ir a trabajar, desoyendo los comentarios de todo el mundo. Se había tomado un tiempo para pensar, para tranquilizarse y estudiar lo que había sucedido de manera objetiva. Para decidir lo que quería de aquella relación. Y lo único que siempre le iba a la mente era que todavía la quería.

Así que ahora, no le importaba que ella quisiera escapar; no se lo iba a permitir sin oponer resistencia. Y si eso implicaba que tenía que pelearse con ella, entonces, lo haría. Todo lo que quería era ganar un poco de tiempo, tiempo para intentar salvar aquel matrimonio de pesadilla.

Y para ser totalmente honesto consigo mismo, no le importaban los medios para conseguirlo.

–No voy a permitirte que me dejes. ¿Qué crees que va a pensar la gente?

–No me importa lo que piense la gente.

–Pues a mí sí. Destruirías el prestigio que tengo entre mi familia, mi gente. ¡Para ellos no habría podido mantener a mi mujer ni siquiera un mes! Y si pides la nulidad, ¡pensarán que ni siquiera pude hacerle el amor a mi esposa!

–La verdad es que no lo había visto así. Pero, ¿qué podemos hacer si no? No tenemos otra alternativa.

–Hay una: seguir casados.

–No... no podemos.

El temblor de su cuerpo mostró lo repelente que le resultaba la idea.

–Sí podemos –la contradijo él–. Y eso haremos. Oh, *cara*, por favor, no tengas tanto miedo. Te prometo que no será tan malo como piensas.

Megan vio cómo se acercaba y aunque no llegó a tocarla, se acercó lo suficiente para que todo el vello se le erizara por el deseo de tocar su piel, de absorber su aroma.

Pero no podía dejarse arrastrar por esa debilidad, así que, entrelazó las manos y las apretó contra su regazo.

–Pero las cosas tendrán que cambiar. Yo soy siciliano y ningún siciliano aguantaría un matrimonio solo de nombre. Un siciliano le hace el amor a su mujer.

–No... –intervino Megan, viendo adónde quería llegar, intentando disuadirlo.

–¿No? –preguntó él con suavidad, hipnotizándola sin ningún esfuerzo con su atractivo sensual–. Eso no es lo que me dijiste en la biblioteca hace menos de un mes, *cara*.

–Ahora es diferente –dijo ella, poniéndose de pie de un salto. Pero toda su resolución pareció venirse abajo cuando vio el brillo abrasador en los ojos de él–. Yo...

Imposible, se había quedado sin palabras.

Y en lugar de mirar hacia otro lado, para recobrar la compostura, sus ojos se clavaron en las manos de él.

Aquello era peor. Mucho peor. Ya no podía pensar en otra cosa que en aquellas manos que la habían tocado. En sus caricias y en el placer que le habían proporcionado. Solo con mirarlas podía sentir sus dedos recorriéndole la piel, haciéndola temblar de deseo.

Cesare se movió hacia ella y levantó un brazo de manera que si quería tocarlo, lo único que tenía que hacer era levantar la mano.

–¿Qué...?

–No te reprimas. No me importa...

Su sonrisa era tan atractiva que le costaba resistirse. Entonces, él se quitó un gemelo y se remangó la camisa. Volvió a ofrecerle el brazo, aunque esa vez, se lo puso más cerca. Tan cerca que solo tenía que aspirar para captar el olor a almizcle de su piel.

–Tócame, Megan –le pidió Cesare–. Sé que estás deseándolo, lo puedo ver en tus ojos.

–Imposible.

Para su horror, tuvo que apretar los puños para no mover las manos. Cesare vio el movimiento y su sonrisa se acentuó.

–Mientes muy mal.

–No estoy mintiendo.

–Tampoco te tienta nada, ¿verdad? Veamos lo fuerte que es tu resolución.

Para su total consternación, él apartó la mano y

se la llevó a la corbata. Con un movimiento elegante, se deshizo de ella y la tiró al suelo. Después, continuó con los botones de nácar de la camisa.

Ella no podía apartar los ojos, solo podía mirar, transpuesta, mientras él se los desabrochaba lentamente, descubriéndose el cuello primero y el tórax después.

Tenía el pecho tan bronceado como los brazos y salpicado de un vello sedoso. Mientras desabrochaba más botones, ella pudo ver la seductora línea de pelo negro que se dirigía hacia la cintura y desaparecía bajo el cinturón del pantalón.

¿Hasta dónde pensaba continuar? pensó ella. ¿Le haría un strip-tease integral si no lo detenía? Solo de pensarlo se le secaba la boca.

–Tócame... –volvió a pedir Cesare, con la voz aún más ronca.

De alguna manera, Megan se obligó a menear la cabeza.

Él soltó una carcajada.

–Igual de cobarde que mentirosa. De acuerdo...

Megan no sabía si realmente se iba a abrochar la camisa o si solo era una amenaza para atraer su atención. No podía permanecer allí en silencio mucho más tiempo.

–¡Espera!

Era como si le hubieran arrancado la palabra de la boca. Casi al mismo instante, levantó la mano y alargó los dedos hacia esa porción de piel morena.

Cesare se quedó muy quieto, en silencio, esperando.

De ninguna manera podía pararse. Era tan inevitable como respirar, de la misma manera que un latido sigue a otro.

No había vuelta atrás. Las palabras retumbaron en su mente mientras sus dedos entraban en contacto con el muro duro de su pecho.

Entonces, supo que estaba perdida.

Capítulo 9

ERA UN verdadero placer acariciarle la piel, tan suave como la seda. Los músculos, fuertes y vibrantes, se tensaban al contacto con sus dedos. En cuanto lo tocó, él se quedó totalmente inmóvil, sin respirar apenas.

Y fue esa quietud, combinada con su silencio total, los que la animaron a continuar explorando los contornos viriles de su torso desnudo. Si él se hubiera movido un ápice o hubiera dicho algo, ella se habría asustado como un pajarillo y habría echado a volar.

Pero Cesare intuyó que cualquier movimiento podría estropear aquel momento, hacer estallar la delicadeza del instante, por lo que permaneció inmóvil mientras ella lo acariciaba. Con sus ojos de color chocolate siguió cada movimiento, cada trazo de sus dedos.

Megan estaba absorta en lo que estaba haciendo, descubriendo su cuerpo, desde la suavidad de su vello negro, pasando por los músculos fuertes de su pecho y estómago hasta los diminutos pezones masculinos que se endurecían con solo rozarlos.

Llegó un momento en el que él no pudo aguantar más y dejó escapar un gemido, atrayendo los ojos de ella hacia los suyos. Entonces, pudo comprobar que ella tenía las pupilas tan dilatadas que apenas se distinguía el verde de su iris.

–Megan... –susurró él, pero inmediatamente se detuvo para no asustarla, para no romper el hechizo.

Pero, entonces, Megan le sonrió. La mezcla de timidez e incertidumbre, combinada con una provocación sutil aunque innegable, la hacían irresistible y a él le calentaba la sangre sofocando todo su cuerpo.

–Megan... –volvió a suspirar, inclinando la cabeza para capturar su boca.

Necesitaba tocarla, besarla, si no, explotaría.

Pero ella lo esquivó, eludiendo su boca con una sonrisa. Levantó una mano y con un dedo sujetó el beso que había intentado darle. Él le besó ese dedo, disfrutando de su contacto, del sabor de su piel. Con suavidad y delicadeza le agarró la mano y fue recorriendo cada uno de los dedos.

Entonces, sintió el aliento de ella contra sus labios, suave como la caricia de una mariposa.

Megan cerró las manos sobre la camisa y la deslizó sobre sus hombros, y él sintió que el corazón le saltaba del pecho y que la sangre le corría más deprisa.

La deseaba tanto que le dolía todo el cuerpo. Sentía que su potencia viril, aprisionada en los pantalones, le privaba de la habilidad de pensar en otra cosa que no fuera en su necesidad imperiosa de poseerla.

–*Cara* –gruñó, sabiendo que ya no podría aguantar más.

Su camisa había ido a parar al suelo, pero él no

sentía el frío de la noche en su piel. Todo lo contrario, la calidez del tejido había sido reemplazada por la de las manos de Megan y por el contacto húmedo de su lengua.

–¿Sabes lo que me estás haciendo? –preguntó con voz ronca.

Ella volvió a mirarlo, pero esa vez ya no tenía una sonrisa dibujada en el rostro. En sus ojos solo se veía la intensidad oscura de su deseo.

–Creo que sí –murmuró.

–Entonces, deja que te demuestre...

La rodeó con los brazos y la atrajo hacia sí. Ella echó la cabeza hacia atrás, mirándolo fijamente, invitándolo a besarla.

Y él aceptó la invitación y tomó su boca con toda la fuerza de la pasión que lo estaba volviendo loco. Había pensado que con un beso podría suavizar la presión, que podría calmar su apetito, tener una oportunidad para respirar, para frenarse un poco...

Pero el efecto fue exactamente el contrario.

Desde el mismo instante en que sus labios se juntaron, se encontró perdido. Unas oleadas calientes de deseo le recorrieron todo el cuerpo, amenazando con ahogarlo.

–Esto es lo que me haces... –murmuró contra su boca, arrancándole besos salvajes, casi furiosos.

Ella no necesitaba que se lo dijera. No había palabras para expresar la necesidad y la pasión que le demostraba con sus caricias, con sus besos, con el calor de su cuerpo contra el de ella. Las palabras eran demasiado frías, demasiado racionales y controladas. Y ella no quería controles ni restricciones. Solo quería sentir su calor.

–Demuéstramelo –pidió ella con la voz entrecortada– demuéstramelo...

–Te lo voy demostrar, *cara.* Te voy a enseñar lo que me haces y lo que te necesito. Te enseñaré cómo le hago el amor a mi mujer, cómo estampo mi impronta en ti y te llevó a un éxtasis tan salvaje que te costará recobrarte. Nunca volverás a pensar en otro hombre.

–Yo no quiero a ningún otro hombre...

La voz de Megan sonaba ronca y sentía que la cabeza le iba a estallar.

–Ningún otro hombre. Solo tú... tú...

Esas fueron las últimas palabras coherentes que logró pronunciar. A partir de aquel momento, la boca de él aprisionó la de ella y sus manos afanosas comenzaron a desabrocharle el vestido de algodón que llevaba. Las prisas hacían que sus dedos se movieran torpes y uno de los botones salió disparado hacia la ventana.

Pero ninguno de ellos se dio cuenta. Estaban totalmente absortos el uno en el otro, demasiado ocupados besándose, acariciándose, devorándose. Megan le recorría la espalda apretando con fuerza sus dedos, conteniendo la respiración mientras él le desabrochaba el sujetador.

Y cuando sus manos cubrieron sus pechos, su cuerpo se arqueó hacia él, ofreciendo las delicadas curvas a las caricias de su boca. De sus labios escapó un gemido de abandono cuando sintió el contacto de su lengua sobre un pezón, describiendo círculos. Luego, se movió hacia el otro pecho para proporcionarle el mismo placer.

Se sintió perdida, a la deriva en una tormenta de placer, sentía los latidos entre las piernas, cada vez más calientes, obligándola a apretar su cuerpo hambriento contra el de él, a restregar sus caderas hacia arriba y hacia abajo sobre su poderosa erección.

–¡Megan!

Su nombre sonó extraño. Apenas podía reconocer su voz y apenas reconocía a aquella mujer salvaje que hundía los dedos en la piel de él y que ardía con sus besos.

No tuvo nada que objetar cuando él le quitó el vestido, sin molestarse en desabrochar los últimos botones, y la levantó del suelo, agarrándola por los glúteos.

De manera instintiva, ella lo rodeó con las piernas, mientras inclinaba la cabeza para besarlo con la misma fiereza con la que él la había besado a ella.

Se dio cuenta de que él había empezado a andar, pero no sabía muy bien hacia dónde se dirigía. Solo era consciente de las caricias y los besos hasta que la tumbó sobre el sofá y se tumbó con fuerza sobre ella, atrapándola entre los cojines de seda, aprisionándola con el peso de su cuerpo. De alguna manera, Cesare se deshizo de la poca ropa que le quedaba, dejando su parte más íntima expuesta a sus manos depredadoras.

Luego, aprovechó bien aquella circunstancia.

Con sus dedos largos la acarició, la provocó, la despertó y la excitó hasta límites insospechados. La llevó hasta el borde del precipicio, la mantuvo allí y, luego, cuando ella pensaba que iba a echar a volar, se paró, esperando.

Aquello lo repitió una y otra vez, atormentándola con la espera, hasta que ella empezó a retorcerse debajo de él, cubriéndole la cara de besos y susurrándole al oído. Suplicándole que se apiadara de ella, que la liberara de aquella tortura. Y cuando vio que ella estaba totalmente fuera de sí por la necesidad, la abrió de piernas con un gesto nada gentil, se deslizó entre ellas y se adentró en su cuerpo dolorido y hambriento.

Eso era lo que ella necesitaba.

Abrió los ojos durante un segundo por el placer y todo su cuerpo se tensó, después se arqueó y le pareció que algo dentro de ella explotaba esparciendo por su cuerpo y por su mente una lluvia de estrellas doradas que le produjeron la sensación mas salvaje, más profunda y más gloriosa que jamás había experimentado.

Y Cesare no tardó mucho más. Desde el momento en que había sentido la calidez del interior de Megan entorno a él, estuvo perdido y fue incapaz de contenerse. Su clímax fue rápido y duro, caliente y fuerte, y tan fiero que de su garganta escapó un grito primitivo. Después cayó rendido sobre el cuerpo de ella con pesadez.

Ese fue el comienzo de una noche única para Megan. Una noche en la que descubrió sensaciones que no creía posibles. Encontró puntos de placer en su cuerpo que no sabía que existían. Aprendió a complacer a Cesare y él, a cambio, le enseñó que cada centímetro de su piel respondía a su caricia pidiendo y dando de manera apasionada. En el proceso, descubrió a una nueva mujer, diferente, adulta, con nuevas necesidades femeninas y capaz de alcanzar nuevos placeres. Una mujer que nadie había descubierto hasta aquella noche; la mujer que solo Cesare había podido liberar.

En algún momento debió quedarse dormida, aunque no estaba muy segura, porque, de repente, se despertó en los brazos de Cesare en el cuarto de baño. Él la metió en la bañera y la enjabonó con manos casi reverenciales. En un momento, la caricia amable dio paso a otra urgente y la urgente a otra incitadora y, una vez más, su pasión los envolvió como el agua donde estaban metidos, bañando sus temblorosos cuerpos. Megan se sintió realmente agradecida de que Cesare tuviera fuerza para envolverla en una toalla y depositarla en la cama, porque ella sola habría sido incapaz; sentía que le temblaba todo el cuerpo y la cabeza le daba vueltas.

–Esto es lo que deseaba de ti –consiguió decir él, tumbándose al lado de ella, envolviéndola en sus brazos–. La razón por la que me casé contigo. La razón por la que solo puedes ser mía.

Cuando el sol comenzó a nacer por el horizonte, inundando la habitación con los primeros rayos y loa pájaros empezaron a cantar al amanecer sus cantos de felicidad, Megan había perdido la cuenta de las veces que habían hecho el amor.

Solo sabía que tenía todo el cuerpo dolorido. Cuando intentó moverse, tuvo que morderse el labio para no dejar escapar un gemido. Además, los párpados le pesaban tanto que apenas podía abrirlos.

Pero nunca se había sentido tan feliz y tan plena. Su cuerpo rebosaba de placer, completamente satisfecho.

Suspiró feliz y se acurrucó junto al cuerpo relajado de Cesare, su espalda contra el pecho de él y sus nalgas apretadas contra su pelvis.

Él suspiró en sueños y la rodeó con los brazos.

Aquel era el comienzo de un nuevo día, se dijo Megan. El comienzo de una nueva vida junto a él. No importaba lo mal que les hubieran ido las cosas antes, ahora podrían volver a empezar, esa vez como marido y mujer. Seguro que después de una noche como aquella, tenía posibilidades de que todo saliera bien.

Porque si había una cosa que esa noche le había enseñado era que Cesare era el único hombre para ella. Siempre lo había sabido, incluso cuando era pequeña; pero entonces lo había amado de manera inmadura, con el amor de una niña. Como resultado, había perdido ese amor en un breve momento de locura y estupidez y había caído en los brazos de otro.

Pero Gary nunca la había hecho sentirse de aquella manera. Ni siquiera parecido. De hecho, lo que había tenido con él, no podía llamarse hacer el amor, no hablemos ya de parecerse al éxtasis que Cesare le había enseñado cada vez que había poseído su cuerpo.

E, igual que estaba segura de que no podría sentir aquello con nadie más, estaba convencida, en lo más profundo de su ser, de que Cesare no le habría podido hacer el amor de aquella manera sin sentir algo similar. Quizá aún no lo llamara amor. Tal vez, ni siquiera lo reconociera; pero ella sabía que estaba allí y, con el tiempo, solo podía crecer y hacerse fuerte hasta que tomara posesión de su alma como le había sucedido a ella.

Y cuando ese momento llegara, sabía que tendría que admitir la verdad. Finalmente, reconocería lo que tenía en su corazón y le diría que la amaba.

Y con la perspectiva de más noches como aquella. Con más expresiones físicas de su amor para ayudarla a continuar, ella sabía que encontraría la fuerza para esperar. Le dejaría tomarse su tiempo porque, en lo más profundo de su alma, sabía que ese momento merecía la pena.

Y así, con su cuerpo henchido y satisfecho, con su mente tranquila y una sonrisa de felicidad en los labios, se acomodó contra el cuerpo del hombre al que adoraba y se quedó profundamente dormida.

Muchas horas más tarde, cuando finalmente logró despertar, hizo un esfuerzo por abrir los ojos, pero el sol brillante la obligó a cubrirse con una mano.

–Por fin, te has despertado.

Era la voz de Cesare, baja y ronca. El sonido más maravilloso del mundo.

–Pensé que ibas a dormir todo el día.

–Y si hubiera sido así, ¿de quién habría sido la culpa?

Mirando a través de los dedos, recorrió su cara guapa y morena.

–Anoche me agotaste, me dejaste sin energía.

–¿Y ahora cómo te sientes?

–Maravillosamente bien –le aseguró Megan, estirándose con pereza–. De hecho, me gustaría sentirme así durante todo el día. Así que... ¿por qué no vuelves a la cama conmigo?

Su silencio la sorprendió y le hizo abrir los ojos para verle bien la cara.

–¿Cesare? –llamó preocupada.

–No puede ser.

Lo dijo con suavidad, pero había tardado demasiado. Lo suficiente para que un frío desagradable le hubiera recorrido el cuerpo.

–Tienes que levantarte y vestirte. Hay un avión esperándonos en el aeropuerto.

–¿Esperándonos? ¿Adónde vamos?

–A Sicilia. ¿Te acuerdas de esa luna de miel que tenemos pendiente? Mis padres quieren conocerte y, además, quiero enseñarte mi país. Después de todo, ahora eres una esposa siciliana. Es el momento de que conozcas la isla.

–Una esposa siciliana... –repitió Megan, sin estar muy segura de cómo tomárselo.

–Mi esposa.

Por supuesto que había entendido, pero aquel adjetivo de «siciliana» tenía unas connotaciones posesivas y, a la vez, algo oscuras. Se parecía mucho al comentario arrogante que le había hecho antes de quitarse la ropa: «Pero las cosas tendrán que cambiar. Yo soy siciliano y ningún siciliano aguantaría un matrimonio solo de nombre. Un siciliano le hace el amor a su mujer».

A pesar del calor que hacía en la habitación, Megan sintió que se le helaba la sangre. Mientras ella había estado allí tumbada, convencida de que él no le había podido hacer el amor sin sentir algo profundo, ¿habría estado él pensando en otra cosa totalmente diferente?

–¿Continuamos con nuestro... nuestro matrimonio? –aventuró ella insegura.

–Por supuesto, que seguimos con nuestro matrimonio –declaró Cesare, rechazando arrogantemente cualquier duda que pudiera tener. Dudas que él ni siquiera pensaba que podían existir–. Seguro que, después de lo de anoche, se te ha pasado esa tontería de la separación. Una cosa es segura, *cara*, no tienes la más remota posibilidad de pedir la anulación.

Capítulo 10

ME ENCANTA Sicilia. Me he enamorado de tu isla –le dijo Megan a Cesare–. Y de tu familia.

Su marido se estiró sobre la arena caliente de la cala y la miró con los ojos entrecerrados por el sol.

–Y a ellos les encantas tú –murmuró con pereza–. Tanto que nos han perdonado por casarnos tan deprisa en Inglaterra en vez de celebrar una boda tradicional aquí en la isla. Mi madre siempre imaginó que invitaría a toda su familia y a todos sus amigos cuando me casara.

–De todas formas lo ha hecho –dijo Megan con una sonrisa, pensando en la numerosa fiesta que Isabella Santorino había celebrado durante el primer fin de semana que habían pasado en la isla.

Había sido algo increíble. En el patio, bajo las higueras, habían puesto unas mesas enormes cubiertas con manteles blancos y repletas de comida. Parecía que todos los miembros de la comunidad siciliana, desde Palermo a Siracusa, habían ido a la finca para ese día.

–Cada vez que pensaba que ya debían estar todos, aparecía otro tío o algún primo más.

–No podíamos olvidarnos de nadie, incluidos los

primos segundos –sonrió Cesare–. No dejarían de hablar de ello si lo hubiéramos hecho. Es la única manera de resarcirlos por no hacer las cosas a la manera tradicional.

–¿Una gran boda italiana?

–Inmensa.

Cesare se incorporó y se sentó con los brazos alrededor de las rodillas.

–Si hubiéramos tenido que cumplir todos los requisitos, ni siquiera habríamos podido anunciar la boda hasta que nuestros padres se hubieran conocido formalmente para la petición de mano. Según mi madre, lo que hicimos solo fue un poco menos vergonzoso que si hubiéramos hecho una *fuitina*.

–¿*Fuitina*? –preguntó Megan con curiosidad–. ¿Qué es eso?

Cesare tomó un puñado de arena y observó cómo los granos se deslizaban entre los dedos.

–Es una tradición siciliana que aún se práctica en algunas partes de la isla. Es el caso de la pareja de jóvenes que se enamora, pero sus familias no les dejaran casarse. Huyen de casa para mostrar a su familia que sus intenciones son serias y se alojan en casa de unos parientes. Allí comparten una habitación en la que consuman su «matrimonio». Cuando son mayores y pueden mantenerse, su unión se legaliza.

–¡Eso es realmente liberal! –comentó Megan.

Aunque llevaba muy poco tiempo en la isla se había percatado de que las jóvenes sicilianas estaban muy controladas por sus padres.

–No, es práctico –la contradijo Cesare–. También es una manera de salvar el honor de una joven al dormir con su novio bajo el techo de un familiar. Si no fuera así, sería considerada poco menos que una prostituta.

–¿Ha pasado alguna vez en tu familia?

–No, aunque me acuerdo de que Gio amenazó con huir con Lucia si sus padres no daban el visto bueno a su relación. Solo tenían dieciséis años cuando se conocieron.

–Debía amarla mucho.

–Era toda su vida, la razón de su existencia. Por eso le hizo tanto daño cuando murió.

–No me extraña.

A pesar del calor que hacia, Megan tembló y se le erizó el vello.

–Debe ser terrible perder a alguien tan querido y tan joven.

Lucia Cardella apenas tenía treinta años cuando murió. La misma edad que tenía Cesare en aquel instante. Megan pensaba que ella tampoco podría resistir su pérdida.

–Al menos, Gio ha empezado a vivir de nuevo desde que llegaste. Lo has ayudado a ver que la vida continúa.

–Eso lo ha conseguido el tiempo, no yo –Megan eligió sus palabras con cuidado–. No puede llorar a su mujer toda la vida, por mucho que la amara.

–Pero tú le has caído muy bien. Está claro que puede hablar contigo de ella y de lo que la echa de menos.

¿Estaba celoso?, se preguntó Megan. ¿Había un tono de desaprobación en su voz? La verdad era que no le habría molestado porque eso demostraría que sentía algo por ella.

Llevaban en Sicilia cuatro semanas. Cuatro semanas fingiendo una luna de miel perfecta, bajo el sol abrasador de Italia. Sabía que habían logrado engañar a los padres de Cesare. Que todos sus conocidos y colegas pensaban que ella era de verdad la señora Santorino, en el pleno sentido de la palabra. Nadie había llegado a tener la más mínima sospecha de que su matrimonio no fuera como ellos pretendían.

Pero con Gio era diferente. Quizá porque él había conocido el amor verdadero. El que solo se conoce una vez en la vida. Desde el principio, se había dado cuenta de lo que ella sentía por su hermanastro, pero también había adivinado que había algo que la hacía profundamente infeliz.

Podía hablar con él como no podía con Cesare. Y como eran tan parecidos físicamente, a veces se permita soñar con que en realidad estaba hablando con su marido.

–Me cae bien Gio –dijo ella–. Ojalá pudiera encontrar alguien que volviera a llenarle.

–No creo que eso sea posible. Lucia fue la única mujer para él y dudo que encuentre a alguien capaz de remplazarla.

–Pero Paolo necesita una madre.

–Paolo tiene a su padre. Y Gio no se va a casar con cualquiera solo para darle una madre a su hijo. Cuando los hombres de mi familia se enamoran, se enamoran para siempre. Siempre ha sido así. Mi padre lo supo desde el primer momento que vio a mi madre, incluso cuando ella todavía estaba casada con el padre de Gio. Y a su padre le pasó lo mismo.

–Pero Gio es un Cardella...

–Da igual. También sucede lo mismo con su familia.

Se enderezó y la miró profundamente a los ojos.

–Nos pasa a todos.

«A todos».

Cesare estaba hablando de sí mismo también. Estaba diciéndole que a él le había pasado lo mismo que a su padre y a su abuelo. Y si de algo estaba segura era de que no estaba hablando de ella. Recordó la conversación que habían mantenido en la biblioteca cuando ella le dijo que estaba embarazada. En aquella ocasión, él le había dicho que hacía muchos años se había enamorado de la persona equivocada.

Obviamente, aquella desconocida, quienquiera que fuera, no le había correspondido. Quizá, incluso había rechazado su amor y se había casado con otra persona.

De repente, fue como si el sol se ocultara tras una nube, llevándose todo el calor del día y destrozando cualquier esperanza que hubiera podido albergar.

No era de extrañar que a Cesare no le importara que hablara con su hermano. Probablemente, no le importara nada de lo que ella pudiera hacer. Hacía mucho tiempo, le había entregado el corazón a otra persona y, al igual que Gio, nadie podría remplazarla.

Por eso no le había costado nada casarse con ella de aquella manera tan fría, como si hubiera hecho un negocio. Como no podía tener a la mujer que quería, la había tomado a ella de sustituta.

Megan sintió que le clavaban un puñal en el corazón.

–Ya es hora de que volvamos...

Cesare le ofreció una mano para ayudarla a levantarse de la arena.

–¿Estás lista?

A Megan le apetecía decirle que no, que no estaba lista para marcharse. No quería volver a la casa.

–¿Megan?

–Ah, sí. Me imagino que sí.

Deseó no tener que agarrar su mano, pero habría parecido extraño. Podría enfadarse y eso era algo que quería evitar a toda costa. Desde que habían llegado a la isla, Cesare se había comportado de manera muy diferente: más relajado y de trato más fácil. Y ella no quería perder aquello.

Cada día que lograban mantener la paz, era un día más en la construcción de algo nuevo. Como los ladrillos de una pared, las horas que pasaban juntos en armonía podrían establecer los cimientos de un matrimonio estable.

Si pudieran hablar, pasar algún tiempo juntos, descansar juntos como habían hecho ese día en la playa, entonces, quizá lograra ser más importante para él, alguien por la que sintiera algo más que un simple deseo físico.

–Vámonos.

Cesare la agarró con las dos manos y la ayudó a levantarse.

Y el deseo brotó allí como una corriente eléctrica, igual que cada vez que se tocaban. Ese era el principal motivo por el que ella había dudado tanto si tomar sus manos. El contacto físico la hacía sentir como si perdiera el control y vagara sin rumbo en una tormenta. No era la persona que siempre había pensado que era. No se reconocía cuando Cesare la tocaba.

Y estaba claro que Cesare sentía lo mismo. Lo podía ver en sus ojos, en la tensión de su cuerpo atlético, en la manera en la que contenía el aliento...

–Cesare...

El nombre le salió como una exhalación. Cuando estuvo de pie sintió que se mareaba y tuvo que agarrarse a sus brazos para no caerse.

–¿Estás bien? ¿Qué te pasa?

–Estoy bien.

Fuera lo que fuera ya había pasado.

–¿Qué ha pasado?

¿Se estaba haciendo ilusiones o sus ojos realmente mostraban preocupación?

–Solo sentí un pequeño mareo. Me debo haber puesto de pie muy rápido.

–O quizá has tomado demasiado el sol –gruñó Cesare–. Con la piel tan blanca que tienes, deberías tener más cuidado.

–Estoy bien, de verdad.

Pero Cesare no le soltó la mano aunque ella lo intentó. En lugar de eso, la atrajo más hacia él y le levantó la cara con la mano.

–Estás un poco roja –afirmó, acariciándole con suavidad la mejilla–. Debería haberme dado cuenta antes.

Pero no había sido consciente del paso del tiempo, admitió para sí. Las horas habían pasado en un abrir y cerrar de ojos, como tantas veces desde que habían llegado a su isla, mientras le enseñaba los lugares en los que había pasado su infancia.

–No me extraña que te sintieras mareada. Será mejor que volvamos cuanto antes para que descanses un poco.

Había vuelto a aquella playa cuando el padre de Megan le había hecho hacerle aquella promesa, recordó él mientras volvían por el sendero que subía el acantilado. Cuando Tom había insistido en que esperara, sin decir ni una palabra, hasta que Megan hubiera crecido. A él le hubiera gustado no tener que esperar. Haberle podido decir cómo se sentía. La idea de tener que esperar por ella seis años había sido insoportable. Seis años para poder besarla, acariciarla... Pero, al mismo tiempo, lo había entendido perfectamente.

Tom había deseado que su hija fuera libre para disfrutar de su adolescencia. Libre para crecer y madurar por ella misma, para conocerse y saber qué quería antes de comprometerse con ningún hombre.

Pero, al final, lo que él tanto temía había sucedido. Aquella deseada libertad había desembocado en una aventura dolorosa con Gary que supuestamente la había dejado embarazada. Aquello los había obligado a un matrimonio apresurado al que ella nunca habría accedido si las circunstancias hubieran sido diferentes.

Y él había perdido su oportunidad de cortejarla de la manera que hubiera querido.

Como siempre, cada vez que pensaba en aquel hombre, una nube de celos le enturbiaba la mente y los pensamientos.

Nunca lo había visto y aun así lo odiaba con toda su alma.

–¿Cómo es Rowell?

Esa era la última pregunta que ella habría podido esperar. Se quedó parada en mitad del sendero mirándolo atónita.

–¿Para qué diablos quieres saberlo?

–Simple curiosidad.

Estaba claro que no había logrado sonar tan indiferente como había pretendido. Algo había rechinado en los oídos de ella, haciéndola entrecerrar los ojos.

–¿Por qué?

–Me preguntaba qué viste en él.

¿Que qué vio en él? ¿Cómo se suponía que iba a responder a aquello?, se preguntó Megan. Y ¿por qué le hacía aquella pregunta? ¿Por qué en aquel momento?

Si la hubiera visto llegar, habría estado mejor preparada; pero por nada del mundo se lo había imaginado. No tenía ni idea de por qué se la hacía. Estaba tan sorprendida que se había quedado en blanco, sin saber cómo responderle.

Capítulo 11

NO QUERÍA responderle. Quizá pudiera ignorar la pregunta por completo.

–No mucho... –murmuró, dándose la vuelta para avanzar por el camino.

En realidad, no había creído que le fuera a resultar tan fácil. Cesare la siguió y, enseguida, la alcanzó. La agarró del brazo y la obligó a darse la vuelta.

–¿Y qué diablos quiere decir «no mucho»?

Habían llegado arriba y el borde del precipicio estaba demasiado cerca. Megan sintió que no podía mirar hacia abajo porque volvía a sentirse mareada. Con prisas para alejarse de allí, tiró del brazo para soltarse y se encaminó hacia el coche.

Por supuesto, él la siguió.

–No creo que eso sea asunto tuyo.

–Ahora, sí lo es. Megan...

La volvió a agarrar. Esa vez, poniéndole las dos manos sobre los hombros para obligarla a pararse.

–¿Me estás diciendo que te acostaste... que le diste tu virginidad a un hombre que te interesaba tan poco?

Megan sintió vergüenza mezclada con otros sentimientos tan desagradables que apenas podía pensar con claridad. Solo sabía que quería que dejara el tema; no le gustaba y no quería hablar de él, pero no sabía cómo conseguirlo.

Quizá el ataque fuera la mejor forma de defensa.

–¿Qué te pasa, Cesare? ¿Se puede saber qué es lo que te está carcomiendo? ¿Es porque fue Gary el primero y no tú? ¿Preferirías haberme desvirgado tú? –preguntó con sarcasmo–. ¿Es eso lo que te hubiera gustado? ¿Una novia virginal que realmente mereciera casarse contigo? ¿Alguien que no hubiera conocido a otro hombre para que no te pudiera comparar?

–¡No seas estúpida! Eso no me importa –respondió él, sacudiendo la mano con energía.

–En primer lugar, estamos en el siglo veintiuno. Quizá sea siciliano, pero no soy tan hipócrita como para pensar que el hombre puede disfrutar de libertad sexual mientras la mujer tiene que quedarse en casa hasta que el matrimonio la libere.

–Entonces...

–En segundo lugar...

Cesare la interrumpió antes de que ella pudiera decir nada.

–... sé muy bien que no tengo que temer ninguna comparación con ese Rowell. Si fuera un mal amante, no me responderías como lo haces.

–Yo...

–Conozco muy bien a las mujeres, *carina*. Sé cuándo estáis excitadas... cuándo estáis sintiendo placer, cuándo perdéis la cabeza... y sé que tú sientes placer en mis brazos. Lo sé, igual que sé que si hicieras comparaciones, tu antiguo amante sería el que saldría perdiendo.

–¿Por qué...? Eres...

No podía hablar. Se había quedado muda con su declaración egoísta. El hecho de que cada palabra fuera cierta, la hacía sentirse aún peor.

–¡Eres un chulo arrogante!

Su insulto furioso no tuvo ningún efecto sobre él.

–Quizá sea arrogante, pero me considero bastante honesto –le respondió–. O, quizá, ¿vas a negar que lo que he dicho sea cierto?

–No pienso negar ni confirmar nada.

En ninguno de los dos casos saldría bien parada. Si intentara negarlo y le dijera que él no era tan buen amante como pensaba, que no la encendía como creía y que ella solo estaba fingiendo, se daría cuenta del engaño y se burlaría de ella. Y, por supuesto, no pensaba confirmárselo. Eso solo aumentaría su ya inflamado ego.

–No voy a darte el gusto de responder a tu insolente afirmación. Me parece que ya eres bastante engreído.

–Lo cual quiere decir que te da miedo decirme que es verdad todo lo que he dicho.

–Yo no tengo miedo de nada.

El hecho de que hubiera acertado de lleno con lo que estaba sintiendo hizo que perdiera la compostura.

–Te lo diría si quisiera.

–Por supuesto.

La respuesta irónica junto a su sonrisa solo lograron encenderla más, haciendo que estallara.

–¡De acuerdo! ¿Quieres la verdad? –le soltó, perdiendo totalmente los estribos–. ¿Quieres saber qué aspecto tenía Gary? Pues te diré que era idéntico a ti; podría haber sido tu hermano –añadió ante la cara atónita de él.

–Que él era...

Era como si le hubieran dado una bofetada. No había estado preparado para aquella respuesta y no sabía cómo asimilarla.

Gary Rowell había sido solo un nombre odioso desde que Megan lo mencionó por primera vez. Era como una nube de tormenta que planeaba sobre sus cabezas, una sombra oscura entre ellos..., pero nada más. No estaba preparado para que aquella rata tomara forma.

¿Y qué significaba que Rowell se pareciera a él? ¿Pertenecían los dos al tipo de hombre que le gustaba a ella? O, lo que era peor, ¿le respondía en la cama como lo hacía porque se estaba imaginando que estaba con el otro? ¿Porque se imaginaba que él era el amante al que había perdido?

Se metió las manos en los bolsillos para que Megan no se diera cuenta de que le estaban temblando. Después, se apoyó en el coche e intentó mostrar una fría indiferencia.

–¿Qué quiere decir eso exactamente?

–Quiere decir que tú y Gary podrías haber sido hermanos. La misma estatura, el pelo negro... Se parece más a ti que tu propio hermano.

Ya no pudo contenerse durante más tiempo. Las palabras le brotaron de la boca a raudales, deprisa, sin tener tiempo de meditarlas. Casi se le enredaba la lengua, pero ya no podía refrenarse.

–¿Por qué te crees que me enamoré de él?

–¿Por qué? Dímelo tú.

Hablaba como si no lo supiera, pero eso no podía ser verdad. Cesare no era ningún tonto, tenía que saber lo que significaban aquellas palabras. Después de cómo se había comportado en Noche Vieja...

–¿Que por qué? No creo que haga falta que lo preguntes.

–Te lo estoy preguntando.

–Estoy segura de que sabes lo que he querido decir. Gary era tu viva imagen. Probablemente ese fue el motivo por el que me sentí atraída por él. Era como...

De repente, se dio cuenta del camino peligroso que estaba tomando por lo que decidió cambiar de rumbo. Si le dijera que había caído en las redes de Gary porque él le había roto el corazón al rechazarla, le estaría confesando demasiadas cosas.

–Ya sabes que estuve enamorada de ti durante un par de años, por eso actué como una estúpida en Navidad... Me lancé en tus brazos, prácticamente, pidiéndote que me tomaras porque era tuya.

–Según recuerdo, eso fue exactamente lo que me dijiste –murmuró Cesare.

–Bueno. Dejaste muy claro lo que sentías al respecto. Y eso me dolió... Así que cuando Gary apareció y mostró interés por mí... más que interés... pensé que sería un modo de curar aquel dolor...

–¿Me estás culpando de que acabaras con Rowell? ¿De que te dejara embarazada?

–Después de todo, no me dejó embarazada, así que ese no es el problema.

Intentó sonar casual, pero no lo consiguió. La mirada de él era oscura y profunda y sintió que un escalofrío le recorría todo le cuerpo.

–Solo fue un estúpido error.

¿Tanto daño le habría hecho? Sabía que había sido más cruel de lo que había pretendido debido a lo desesperado que se encontraba. Pero nunca había pretendido conducirla a aquello. ¿Habría dañado su confianza en sí misma hasta el punto de lanzarse a los brazos del primer hombre que se interesó por ella?

–Ahora ya sabes que aunque hubiese tenido un hijo, este se habría parecido a ti; nadie habría imaginado que el pobrecito no era tuyo, que...

–Sabes muy bien que eso no me importaba. No me casé contigo porque estuvieras embarazada. No tenía nada que ver con eso.

–Por supuesto que no –le respondió Megan con amargura–. Los dos sabemos por qué te casaste conmigo. Y si alguna vez tuve alguna duda, ya me lo dejaste bien claro: te querías acostar conmigo. Ese era tu único objetivo.

«¡Niégalo!», le suplicó desesperada. «¡Por favor, niégalo! Dime que ese no fue el verdadero motivo. Que solo era una tapadera. No necesito que me digas que me amabas; pero, por favor, dime que no fue solo sexo».

El silencio que siguió a su amarga acusación se hizo cada vez más difícil de soportar.

–Sí –respondió él lentamente–. Tienes razón. Ese fue el motivo.

La sonrisa de Megan estaba cargada de frialdad y tensión.

–Así que, los dos sabemos a qué atenernos. Me casé porque estaba desesperada, atrapada en un embarazo que nunca existió. Y tú te casaste conmigo porque de otra manera no habrías podido llevarme a la cama. Si quieres mi opinión, hacemos muy buena pareja.

–Sí –murmuró él–. Yo diría que somos perfectos el uno para el otro.

–¿Qué hacemos ahora?

Cesare se encogió de hombros. ¿Qué quedaba para ellos cuando se acababan de hacer pedazos el uno al otro? Pero ¿qué otra cosa podía haber hecho? ¿Decirle que estaba locamente enamorado de ella cuando ella acababa de confesarle que su matrimonio con él había sido como una trampa?

–No creo que haya nada que hacer. Después de todo, nada ha cambiado. Solamente nos conocemos un poco mejor. Así que, me imagino que podemos volver a casa y continuar como hasta ahora.

«A casa».

Qué ironía. Aquello fue la gota que colmó el vaso. Megan sintió que una mitad de su ser odiaba a Cesare con toda el alma, por la forma de tratarla, por casarse por ella solo por sexo. Pero la otra mitad era débil y estúpida y se aferraba con desesperación al amor que sentía por él.

–¿A casa? ¿Quieres decir a la villa?

–Sí, claro, ¿Adónde si no?

–El dónde no es lo que más me preocupaba. Sabes que la villa no es mi hogar. Quizá sea el tuyo, pero para mí solo es un lugar donde vivir. El lugar donde como, duermo, practico el sexo con mi marido porque él compró los derechos con este anillo...

Levantó la mano, mostrándole la alianza.

–Pero, por favor, esa no es mi casa. Quizá sea tu casa, pero para mí, solo es mi prisión.

Sabía que se había pasado de la raya. Había dicho demasiado y con demasiada agresividad. Su única excusa era que quería que él sufriera igual que ella estaba sufriendo.

Pero él pareció no sentir el más mínimo dolor. Sus ojos solo mostraban una mezcla de sentimientos violentos.

Ella sintió miedo y dio un paso hacia atrás, intentado controlar su estúpido temperamento.

Pero cuando él habló, lo hizo con frialdad y autocontrol.

–En ese caso, amante esposa...

Lo dijo con tanto cinismo que pareció un insulto.

–... si no te subes al coche ahora mismo, tendré que llevarte a tu prisión a rastras.

Dijo esto mientras abría la puerta del coche para que ella subiera. Esperó hasta que ella se montó y, después, cuando iba a cerrar la puerta, la obligó a mirarlo.

–Por cierto. Cuando dijiste que estuviste enamorada de mí.... ¿Debo entender que ya lo has superado por completo?

La pregunta sonó como si de verdad le importara, pensó Megan por un instante. Pero enseguida se dio cuenta de qué era lo que de verdad le preocupaba. A él solo le interesaba el sexo, ya se lo había dicho muy claro, y no querría tener que soportar la presión de saber que ella se había enamorado de él.

–Por supuesto –dijo ella con altanería, rezando

para que sonara convincente–. Lo superé hace mucho tiempo. Solo fue una niñería. He crecido mucho desde entonces.

Supo que había logrado convencerlo cuando él se quedó en silencio. Después, la miró con frialdad y antagonismo, como se mira a un bicho que ha aparecido en tu comida.

–Sí –dijo lentamente–. Está claro que sí. Y tengo que admitir que me gustaba más la otra Megan.

–Bueno, pues lo siento mucho porque aquella Megan ya no existe.

–Ya lo veo. Esperé mucho tiempo a que esto llegara. Qué pena que no me guste en lo que te has convertido.

Capítulo 12

YA HABÍAN pasado tres semanas desde el día de al playa.

Tres semanas durante las cuales la vaga sospecha que había tenido se había convertido en algo más. Tres semanas durante las que había esperado, se había preocupado y había rezado; pero nada había sucedido. La sospecha se había convertido en una verdadera preocupación, la preocupación, en un temor y el temor, en una posibilidad. Y aquella mañana, la posibilidad se había hecho realidad.

Pero esa vez no iba a cometer ningún error. Esa vez no iba a arriesgarse con un test de farmacia. Tenía que estar segura al cien por cien.

Y ya estaba segura.

Todo lo segura que se podía estar. Había confiado en Gio y este la había llevado a ver a un médico de Palermo. El doctor había hecho las pruebas pertinentes y le había dado una respuesta. Una respuesta que no dejaba lugar a la duda... ni a la esperanza.

Estaba embarazada de Cesare.

Un bebé que probablemente había sido concebido durante la primera noche que hicieron el amor. Un bebé que llevaba casi ocho semanas creciendo en su interior. Un bebé que era real, no una imaginación.

No le parecía posible porque no había tenido ningún síntoma. Aparte de aquel ligero mareo en la playa, no había sentido nada extraño. Sin contar claro, el retraso de su periodo. A pesar de eso, no había sentido nada que la hiciera sospechar; el bebé había empezado a crecer en completo silencio y ella ni siquiera se había imaginado que pudiera estar allí.

–¿Cuándo se lo vas a decir a Cesare? –le preguntó Gio.

No había necesitado que nadie le dijera que los resultados habían dado positivo. Lo había visto en la cara de ella al salir de la consulta; pero ella le había hecho jurar que le guardaría el secreto hasta que decidiera qué hacer.

Y ese había sido el problema que había ocupado su mente desde entonces, lo último en lo que pensaba cada día antes de quedarse dormida.

¿Cuándo se lo iba a decir a Cesare? ¿Cómo se lo iba a decir? Y ¿cuál iba a ser su reacción cuando se enterara?

Cuando volvieron a la villa el día de la discusión en la playa, Megan se imaginó que él se encerraría en su trabajo como había hecho antes.

Pero no podía haber estado más equivocada.

Cesare nunca había estado tan presente en su vida. Estaba allí todo el tiempo, pasando todo el día junto a ella, llevándola a conocer lugares y a familiares, mostrándole la isla. Incluso habían pasado algunos fines de semana en Roma y Florencia. Solo tenía que mostrar el más leve interés por algo y él se lo concedía.

Pero las noches sí habían cambiado. Aunque no podía decir con exactitud en qué. Las noches sensuales y ardientes que habían compartido las primeras semanas seguían allí, sin embargo, algo era diferente.

O quizá era que faltaba algo.

–¿Qué haces sentada ahí sola a oscuras?

La voz de Cesare la asustó.

–Estaba... disfrutando del fresco de la noche... del silencio –consiguió decir, sintiéndose agradecida de que las sombras le ocultaran la cara. La noticia del bebé era tan reciente que estaba segura de que se le debía notar en la expresión–. Me estaba acordando de mi casa. Del jardín de mi padre.

–¿Te gustaría volver?

La pregunta la pilló por sorpresa y tuvo que pestañear para asimilarla.

–¿Te gustaría? –insistió él.

–Me gustaría ver a mi padre –dijo ella con precaución, sin saber muy bien adónde les llevaría la conversación–. Después de todo, ya llevamos aquí un par de meses y... y me gustaría ver qué tal está.

También le gustaría decirle que iba a ser abuelo. A su padre le encantaría la idea, lo sabía. Pero, primero tenía que encontrar la manera de decírselo al padre.

–Pero si hablaste con él anoche.

–Por teléfono no es lo mismo. La voces pueden sonar engañosas.

–Tu padre está bien. Mejor de lo que ha estado en mucho tiempo.

–Sí, pero me gustaría verlo por mí misma.

–¿Crees que no te lo diría si tuvieras que preocuparte por algo? ¿O es que no crees que todos sus problemas estén resueltos?

–Por supuesto que sé que ya has resuelto todas sus deudas. Dijiste que lo harías y confío plenamente en ti. No es eso lo que me preocupa.

–Entonces, ¿de qué se trata?

Pero esa era una pregunta que ella no estaba preparada para responder. Intentó mirarlo a los ojos, pero no pudo. Era demasiado consciente del secreto que le ocultaba y tenía demasiado miedo a su reacción.

–Solo quiero ver a mi padre. ¿Tiene eso algo de malo?

–Nada. Siempre que sea eso lo que de verdad quieres.

–Por supuesto que es eso. ¿Se puede saber qué te pasa hoy?

–Nada...

–¿Nada? No pretenderás que me lo crea.

–¿No?

Durante un instante, Cesare estudió su cara con tal intensidad que ella se sintió increíblemente vulnerable.

–Llevo un tiempo preguntándome cuándo iba a pasar –dijo Cesare alejándose de ella.

Ella lo siguió a la cocina.

–¿A pasar qué?

Cesare abrió una botella de vino sin hablar. Megan tuvo la sospecha de que estaba haciéndola esperar a propósito.

–Este asunto de volver.

–Quiero ver a mi padre. ¿Qué tiene eso de malo?

Cesare se concentró en el vino que estaba sirviendo.

–Tu casa está aquí, conmigo –dijo él con frialdad, sin levantar la vista de la copa–. ¿Quieres una copa de vino?

–S... no –se corrigió rápidamente–. Cesare ¿de qué estás hablando? ¿Me estás insinuando que no puedo volver a mi casa?

Megan empezó a ponerse realmente nerviosa.

–¿Importaría mucho si así fuera?

–¿Cómo? Por supuesto que importaría. Quiero ver a mi padre. Tú no puedes mantenerme alejada de él.

–¿Por qué no? Después de todo eso es lo que él me hizo a mí.

Cesare intentó tragarse las palabras que acababa de pronunciar. Sin darse cuenta, había hablado demasiado. Debía estar cansado para que le sucediera algo así.

–¿Qué te hizo?

–Nada. No importa. Megan, no quiero hablar de ello.

–Pero yo sí. ¿Qué te hizo? ¿Estás hablando de mi padre?

–De acuerdo, sí, estoy hablando de tu padre.

Pero pensando en Gary Rowell.

Y ese era el problema. No había podido pensar con claridad desde que se enteró de que ese Rowell estaba en Inglaterra, en Londres, y que había estado buscando a Megan. Tom Ellis se lo había dicho un día por teléfono y, si se lo había dicho a él, también se lo habría dicho a su hija. Porque, por supuesto, él no tenía ni idea de lo que aquella rata le había hecho.

–Y ¿qué se supone que ha hecho mi padre?

Cesare iba caminando hacia el salón, pero se paró y se giró hacia ella.

–No es lo que se supone, sino lo que ha hecho.

–Y ¿qué ha hecho?

Estuvo a punto de decírselo. Abrió la boca para hablar, pero, al instante, la cerró de golpe.

–No –respondió, volviendo a encaminar sus pasos hacia el salón.

–¿Por qué no? Tienes que decírmelo.

–¿Que tengo que decírtelo?

Ella se dio cuenta de su error. A Cesare Santorino nadie le decía lo que tenía que hacer. No, si quería evitar una explosión.

–Por favor, dímelo –corrigió ella bajando el tono de voz mientras se sentaba en el brazo del sillón que él había elegido.

¿Acaso sabía lo que le hacía cuando se le acercaba de aquella manera?, se preguntó Cesare. ¿Sabría que el dulce aroma de su cuerpo unido al calor de su piel le encendían los sentidos de manera instantánea?

¿En qué estaba pensando? Por supuesto que lo sabía. Por supuesto que conocía el efecto que tenía sobre él. Igual que sabía que solo con verla con los vaqueros y la camiseta tan ajustados que solía llevar, su pulso se aceleraba hasta límites insospechados. Lo sabía muy bien y lo utilizaba para conseguir lo que quería.

–Por favor...

Ella apoyó una mano sobre su rodilla y acarició el tejido de sus pantalones, haciendo que la garganta se le secara de manera instantánea.

–Cesare... ¿has dicho que mi padre te mantuvo alejado de mí? ¿Es eso lo que has querido decir?

Él suspiró con una mezcla de resignación y exasperación.

–No vas a olvidarte del tema, ¿verdad?

–No. Y si se trata de mí, tengo todo el derecho a saber de qué se trata. Si no me lo dices, se lo preguntaré a mi padre.

Su sonrisa era maliciosa.

–Y te aseguro que puedo ser muy insistente, por lo que te aconsejo que te rindas.

–De acuerdo.

Cesare decidió contárselo. La verdad era que estaba cansado, cansado de los secretos, de ocultarle cosas. Quizá si supiera lo que de verdad pasó...

–De acuerdo. De todas formas te enterarás tarde o temprano.

Megan no tenía ni idea de lo que le iba a contar, pero lo que nunca se imaginó fue lo que escuchó.

–Nunca pude ignorarte –le dijo–. Desde el primer momento en que te vi cuando tenías trece años, desde la primera vez que viniste a esta casa. Desde entonces, no he podido apartar los ojos de ti. Bueno, no desde que tenías trece años –se corrigió rápidamente–. Aunque ya eras una preciosidad. Pero desde que tenías dieciséis, sí.

–¿Y mi padre te hizo prometer que esperarías?

–Le di mi palabra. Entendí lo que quería porque

sabía lo que había pasado con tu madre. Hizo todo lo que pudo para intentar que ella se quedara a su lado, le compró todo lo que quiso. Se gastó con ella una fortuna; pero, al final, ella se marchó de todas formas.

Cesare era consciente de que estaba hablando de su propia madre por lo que la miró a la cara y vio la tristeza que le nublaba la vista.

–Lo siento... –comenzó a decir él, pero ella sacudió la cabeza enérgicamente.

–No te preocupes –le dijo–. Ya lo tengo muy superado. Se marchó cuando yo era muy pequeña y trató a mi padre muy mal.

–Durante el divorcio, intentó sacarle todo lo que pudo. Él nunca se recuperó de aquel batacazo económico. Y la verdad es que estuvo tan deprimido que dejó que el negocio se hundiera hasta que nadie pudo hacer nada por salvarlo. Lo único que pude hacer fue comprarlo, por mucho más de lo que valía.

–Debiste gastarte una fortuna. Espero que mereciera la pena.

Cesare no pudo ocultar su sorpresa.

–Lo hiciste por mí –explicó ella–. Para casarte conmigo. Espero valer la pena.

–¿Valer la pena?

Cesare se inclinó hacia delante y dejó la copa sobre una mesita de café.

–¿Cómo podría ser de otra manera?

Enseguida, la rodeó con sus brazos y la sentó sobre su regazo. Con una mano, le levantó la barbilla y con la boca tomó la de ella con un beso posesivo cargado de pasión y sensualidad. Ella deseaba entregarse a esa sensualidad, perderse en el deseo que le estaba agitando la sangre; pero sabía que eso era lo que había estado haciendo durante todo su matrimonio y ahora necesitaba algo más.

–Te he deseado toda la vida. Intenté distraerme con otras mujeres, pero nunca funcionó. Tú siempre estabas presente, en mi mente, en mi sangre.

«Te he deseado», repitió ella en su fuero interno. De nuevo le hablaba de pasión y de sexo; pero esas no eran las palabras que ella quería oír. ¿Es que nunca hubo amor? ¿Ese sentimiento maravilloso y profundo que los podía unir para toda la vida? Para ellos y para su hijo. Porque ahora tenía otra vida en la que pensar.

Sin aquel sentimiento, ella no era más que una esclava por la que había pagado una buena cantidad.

–Así que, cuando te enteraste de que estaba embarazada, decidiste aprovechar la ocasión. Tenías la oportunidad perfecta para hacer que me casara contigo, para lograr lo que deseabas.

Sus ojos verdes se posaron sobre la mirada de él y, para su horror, vio una sombra que hizo que se le encogiera el alma. ¿Culpabilidad? ¿Vergüenza por lo que había hecho o porque lo había descubierto?

–No me extraña que te entendieras tan bien con mi padre, Cesare.

Con un movimiento rápido que le rasgó el corazón, se liberó de sus brazos y se puso de pie. En cuanto sus pies tocaron el suelo, se alejó de él tambaleante. Tenía que poner distancia entre ellos, mental y físicamente, para poder pensar.

–¿De verdad crees que puedes comprar mis afectos con dinero? Te diré una cosa, marido. No va a funcionar. No puedes comprar a la gente. No se puede conseguir que alguien te ame solo con dinero.

Deseaba que él se defendiera, que le dijera que había algo más. Que sentía por ella algo más que el deseo de tenerla en su cama. Ni siquiera tenía que pronunciar la palabra amor. Solo tenía que darle algo a lo que aferrarse, una esperanza.

Pero no lo hizo.

En lugar de eso, se mantuvo en silencio. Y ella se sintió asustada y decepcionada.

Después de un rato, se puso de pie y se alejó de ella en dirección a la puerta. Como aquel día en la biblioteca. Y cuando ella estaba a punto de suplicarle que esperara, que le dijera algo, él se dio la vuelta.

Inmediatamente, deseó que no lo hubiera hecho. Su cara estaba apagada, no había nada de luz ni de calor. Solo había frialdad, una frialdad tan profunda e intensa que le heló la sangre.

–Dime algo –le pidió con una voz sombría–. ¿Cuando me dijiste que aquí te sentías como en una prisión lo decías en serio?

Solo había una manera de responder aquella pregunta. Ya había llegado muy lejos y no había vuelta atrás. Con él tenía que ser o todo o nada. Todo su futuro y el de su bebé dependían de lo que pasara allí en aquel momento.

–Sí.

Formar parte de su vida sin tener su amor era como una terrible prisión. Amarlo como ella lo amaba y saber que él solo la quería para el sexo era la peor forma de tortura que cualquiera podía soportar.

–Sí, lo dije en serio.

Esa era la respuesta que Cesare había estado temiendo. La respuesta que le demostraba que había fracasado. Porque ya se había quedado sin ideas para convencerla.

En realidad, era culpable de todos los cargos. Había cometido el mismo error que su padre: había intentado comprar su cariño. Había pensado que solo tenía que conseguir que se casara con él, que después se las arreglaría. Que si pasaban bastante tiempo juntos, al final se enamoraría de él y...

¿Y qué? ¿Vivirían felices para siempre?

Casi se ríe en voz alta de sí mismo, pero al ver la desesperación en la cara de ella, se detuvo en seco. No había lugar para el humor, ni siquiera, el más cínico. Tendría que aceptar lo inevitable. Y lo inevitable era que Megan nunca lo amaría.

Tenía que aceptarlo y dejar que se marchara. Si no lo hacía iba a acabar odiándolo como su madre había odiado a su padre. Y eso era algo que no podría aguantar.

Así que tenía que acabar cuanto antes. Aunque aquello lo matara.

Tomó aliento y se obligó a hablar:

–De acuerdo. Ya no tienes que sufrir más. Puedes marcharte.

–¿Qué?

Eso era la última cosa que había esperado oír, por eso pensó que no había entendido bien.

–¿Qué has dicho? No entiendo.

–Es muy simple. Tú has dicho que esto era como una prisión para ti. Bueno, te estoy diciendo que eres libre, que puedes irte cuando quieras.

Megan se sintió horrorizada cuando lo vio dirigirse hacia el vestíbulo y abrir la puerta de la calle de par en par, dejando entrar el viento fresco de la noche.

–Puedes marcharte. Este matrimonio fue un error desde el principio. Yo no puedo darte lo que quieres y, sinceramente, lo que me atraía de ti, ya no me atrae tanto.

No estaba hablando del deseo físico, tuvo que admitir. Pero el sexo sin amor no era lo que él quería. De hecho, se había convertido en una forma de tortura para él.

No era que la pasión estuviera apagándose. En absoluto. Todavía estaba allí y siempre sería así. Realmente dudaba de que hubiera algo que pudiera apagarla. De hecho, en ese mismo instante, al pasar a su lado, había sentido el fuerte atractivo de su cuerpo.

Sin darse cuenta, había pasado demasiado cerca de ella y sus brazos se habían rozado. Solo los brazos, pero eso era suficiente para despertar su masculinidad. Y eso le hacía imposible pensar con claridad, intentar ocultar sus sentimientos tras palabras razonables o intentar decir lo que tenía que decir con claridad y a la vez con gentileza.

–No hay nada más que entender. Quiero acabar con esto. Cortar por lo sano, aquí y ahora. Empezaré los trámites para el divorcio mañana mismo... Por favor, Megan, no me mires así. ¡Te estoy dando lo que tanto deseas! ¡Te estoy dando la libertad!

«Por favor, márchate. Márchate antes de que diga algo tan estúpido que me odies para siempre».

Pero ella seguía sin moverse, prolongando el momento y el dolor, hasta que pensó que no iba a poder soportarlo más.

–Pero... No puedo... Yo... Creo que estoy embarazada.

Y eso fue demasiado. La maldita última gota que colmó el vaso.

–¡Ah, no! ¡De eso nada! Ya me atrapaste así una vez. No voy a pasar por lo mismo una segunda vez, ni siquiera por ti.

Y antes de que Megan pudiera alcanzarlo, antes de que pudiera agarrarlo del brazo para pararlo, él se marchó. Salió por la puerta y de su vida. Y no tenía ni idea de si podría volver a recuperarlo.

Capítulo 13

OH, CESARE. Querido hermano. Debes ser el hombre más idiota del mundo; o, al menos, el más idiota que yo conozco.

La voz de su hermano Gio resonó en su cabeza mientras paraba el coche en la villa y apagaba el motor.

–¡Pensé que me habías dicho que amabas a esa mujer!

–Y la amo –le había respondido él–. La adoro. La quiero más que a mi propia vida. Pero no puedo vivir con ella.

–¿Y por qué no?

–Porque me mataría vivir con ella sabiendo que no me ama y que nunca va a amarme.

–¿Y quién te ha dicho eso? ¿Megan? ¿Alguna vez le has preguntado? ¿Alguna vez le has dicho lo que sentías por ella?

No había hecho falta que le respondiera; lo había podido leer en su cara.

–*Madre de Dio*, Cesare –dijo lanzando las manos al cielo–. ¿Qué le ha pasado a tu cerebro? ¿Esperas que la pobre chica te lea el pensamiento? Déjame que te diga algo...

Y lo que le dijo le hizo a Cesare subir a su automóvil y dirigirse a toda velocidad de vuelta a la villa.

Pero ahora que estaba allí, descubrió que el corazón le latía como si hubiera corrido un maratón. Quería acabar con todo y saber exactamente, de una vez por todas, a qué atenerse. Aunque, por otro lado, deseaba posponer ese momento para siempre.

Al menos, ahora, tenía una oportunidad. Pero si le preguntaba lo que sentía y la respuesta no era la que esperaba, entonces, todo habría terminado. El futuro con el que había soñado se desvanecería para siempre.

Después estaba el problema del taxi.

En su camino a la villa se había cruzado con un taxi vacío. Y como aquella carretera no iba a ninguna otra parte, entonces, el pasajero todavía tenía que estar en su casa. Y ¿a quién conocía Megan que pudiera haberla ido a visitar?

De manera instintiva, entró en la casa con sigilo. No quería alertar a nadie hasta no saber con qué se iba a encontrar. Y lo que descubrió le hizo sentirse agradecido por haber tomado aquella decisión; pero le llenó el corazón de ira.

Estaban junto a la piscina en la parte de atrás de la casa por lo que no habían oído llegar su coche. Megan estaba tan preciosa como siempre. Llevaba un vestido blanco de algodón que le llegaba hasta los pies. Nunca antes había visto al hombre que estaba con ella, pero no necesitaba que se lo presentaran porque podía adivinar de quién se trataba.

«Tú y Gary Rowell podríais haber sido hermanos», le había dicho Megan en una ocasión. Y al mirar al hombre que estaba de pie junto a su esposa, supo que no había exagerado lo más mínimo. Si no acabara de dejar a su hermano en su casa, donde había pasado la noche, pensaría que era él. Pero no lo era, así que solo había una posibilidad:

–¡Rowell!

El nombre se le escapó de los labios mientras daba un paso hacia atrás. No quería que lo vieran hasta saber qué diablos estaba pasando allí.

Y, desde luego, se temía lo peor.

¿Cómo era posible que Gary Rowell estuviera allí, en su villa, si no era porque Megan le había dicho dónde estaba? Había tenido tiempo de sobra para llamarlo la noche anterior, después de su discusión, y decirle que fuera a buscarla en el primer avión... y si había hecho aquello sería porque todavía lo amaba.

Durante un instante, estuvo tentado de marcharse. Pero al volverse, escuchó las palabras de su hermano y supo que no podía darse por vencido. Con un suspiró volvió a darse la vuelta.

Megan todavía estaba sorprendida por la aparición repentina de Gary. Cuando escuchó el motor de un coche, pensó que se trataba de Cesare, que por fin volvía a casa. Por eso había corrido hacia la puerta y la había abierto de par en par. Incluso, cuando él hombre alto y moreno salió del coche, aún pensaba que se trataba de su marido.

Pero, entonces, vio sus ojos azules y escuchó su voz.

–¿Qué tal, *baby*?

Solo había un hombre que la pudiera llamar «*baby*» y ese era un hombre al que no deseaba volver a ver en la vida.

–¿No te alegras de verme?

Pero allí estaba, en la puerta de su casa. Y lo peor de todo era que no podía decirle que se marchara por donde había venido porque en cuanto se bajó del taxi este se marchó.

Y no podía dejarlo allí de pie, aunque eso fuera lo que más le apeteciera. Se sintió obligada a ofrecerle al menos una bebida y un lugar donde sentarse mientras esperaba a que un taxi fuera a recogerlo.

Algo que le parecía que no iba a suceder tan rápido como deseaba.

Se había pasado la noche esperando a Cesare y, desde luego, no quería que volviera y descubriera allí a Gary.

Porque él tenía que volver. No podía quedarse fuera para siempre. Por lo menos, tendría que ir a buscar algo de ropa. Y ella lo había esperado y esperado, hasta que se había quedado dormida en el sofá, hasta justo veinte minutos antes de que llegara el taxi.

–¡Qué sitio tan agradable!

Gary estaba decidido a charlar con ella.

–Es la casa de mi marido. Es siciliano.

–Eso he oído. Tengo que admitir que no podía creérmelo cuando tu padre me dijo que te habías casado y que vivías aquí. Pero después me enteré de con quién te habías casado y todo encajó.

Megan entrecerró los ojos.

–No sé lo que quieres decir.

–Oh, vamos, *baby*. Sabes exactamente lo que quiero decir. Cesare Santorino, un amigo de la familia, cargado de dinero, por lo que he oído. Y tú lo has hecho muy bien, siempre estuviste colada por él.

Megan se mordió el labio. Se había olvidado que le había contado a Gary todo lo de Cesare, incluido lo que pasó en Noche Vieja.

Gary se había mostrado muy comprensivo, realmente simpático, pensó Megan. Ella había confiado en él, había caído en sus brazos y él se había aprovechado de la situación para llevársela a la cama.

–Y veo que cambiaste de opinión con respecto al aborto. Ya veo que te libraste de él, a pesar de todas tus protestas. Si no, se te notaría mucho más. ¡Muy inteligente! No creo que tu siciliano te hubiera aceptado si hubiera sabido que llevabas dentro el bastardo de otro. Por cierto, ¿dónde está él ahora?

–Volverá enseguida –respondió ella, rezando para que fuera verdad–. Gary, ¿a qué has venido?

–No pensarás que he venido solo para saludarte.

–Con franqueza, no; no lo creo.

Pero tampoco se podía creer lo que oyó a continuación. Escuchó horrorizada la historia que Gary le contó y se preguntó qué habría visto en aquel hombre aparte de su parecido con Cesare. Sabía que era muy superficial, egoísta y totalmente desconsiderado. Pero ahora, además, descubría que era ambicioso, materialista y que carecía de escrúpulos.

La había juzgado igual de inmoral que él y había supuesto que no le había dicho nada a Cesare sobre su embarazo. Obviamente, creía que había estado embarazada de él por lo que decidió que tenía que haberse deshecho del bebé. Según esto, supuso que le aterrorizaría que su esposo lo descubriera. Y él estaba dispuesto a mantener el secreto... por un módico precio.

–Tú puedes permitírtelo –dijo él, señalando a la villa y a la piscina–. Estoy seguro de que puedes convencerlo de que te dé lo que necesitas. Solo tendrías que mostrarte amable con él en la cama y seguro que aceptaría. Y entonces... no tendría que enterarse de nuestra historia de amor.

Megan no podía aguantarlo más. No quería seguir escuchándolo y no tenía la menor intención de malgastar más tiempo a su lado.

–Él sabe todo lo que hubo entre nosotros. Y no te molestes en llamarlo historia de amor. Nunca hubo amor entre nosotros. Quizá fuera tan estúpida como para creerlo una vez, pero, ahora, gracias a mi marido, ya sé lo que es el verdadero amor.

–¿Estás diciéndome que he venido hasta aquí para nada?

La expresión de su rostro la asustó tanto que dio un paso hacia atrás.

–Eso es exactamente lo que te estoy diciendo. Y ahora quiero que te marches.

–¿Cómo...?

Megan vio lo que iba a suceder, pero no pudo pararlo. Gary se abalanzó sobre ella con la mano en alto, pero nunca llegó a darle.

Una figura alta y morena apareció de repente y se abalanzó sobre él tirándolo a la piscina.

Cesare esperó un minuto, hasta que su adversario

salió a la superficie, tosiendo de manera poco elegante y se dirigió a él:

–Ya has escuchado a la señora, quiere que te vayas. Sal de mi vista. Y en el futuro, si eres inteligente, mantente alejado de mi esposa.

Cesare se volvió sobre sus talones, le ofreció una mano a Megan y se la llevó hacia la casa. Cerró la puerta con llave y corrió la cortinas. Después, se volvió hacia ella.

–Estás bien. ¿Te ha hecho daño? Porque si te ha hecho algo yo...

–Estoy bien –le aseguró Megan.

–Siéntate de todas formas –dijo ayudándola a tomar asiento–. ¿Quieres algo? ¿Un vaso de agua? ¿Té?

–Cesare, estoy bien.

Quería que dejara de moverse. Desde que había aparecido en su rescate, como él héroe de una novela, no había podido ver bien su cara. Y necesitaba verla para saber qué era lo que sentía. Para saber en qué estado se encontraba. Para comprender por qué había vuelto a casa.

–Por favor, siéntate –le pidió ella–. O, al menos, estate quieto un rato.

Él hizo caso a la segunda petición, pero, aun así, no logró descifrar la expresión de su rostro.

–Gracias por ayudarme. Estaba preocupada...

–No le habría permitido que te hiciera daño. Si llega a tocarte, lo hago pedazos. Los hombres como él son unos cobardes. Se atreven a amenazar a alguien más débil que ellos, pero nunca se enfrentan a un igual.

–De todas formas, lo despachaste rápido.

A pesar de su incertidumbre o, quizá, a causa de ella, Megan sintió que le entraba una risa incontrolable.

–Y la cara que puso al caer en la piscina no tiene precio.

–Tiene que considerarse afortunado de salir con solo un chapuzón –gruñó con la cara muy seria a pesar de las risas de ella–. Si no llego a estar aquí...

–Pero estabas.

De repente, las risas desaparecieron, dejándola más insegura que nunca.

–Cesare, ¿por qué estás aquí?

–Me dijiste que estabas embarazada.

–Pero tú dijiste que ya no te tragabas ese cuento...

Cesare suspiró, pasándose una mano por el pelo.

–Anoche dije muchas estupideces. Si vas a tener un hijo mío, yo estaré a tu lado.

¿Cuáles serían las otras estupideces? Le hubiera gustado preguntárselo, pero no se atrevió.

–¿Dónde has estado? Te estuve esperando toda la noche, pero no volviste.

–No. Fui a casa de Gio. Necesitaba calmarme. Estuve hablando con él y me dijo muchas cosas que me hicieron pensar.

Ahora tenía que preguntar.

–¿Pensar en qué?

–En nosotros para empezar.

Megan sintió que la boca se le secaba.

–Creo que ahora sí me gustaría tomarme ese vaso de agua.

Pero no podía esperar a que él volviera por lo que

lo siguió hasta la cocina, sintiendo que los nervios le atenazaban el estómago.

–¿Todavía queda un nosotros, Cesare?

Él acabo de servirle el agua antes de contestar.

–Tengo que decirte algo –dijo él con expresión sombría.

Ella se tomó el vaso de un trago y lo dejó sobre la encimera.

–¿Qué?

Él miró alrededor y su boca se torció con una sonrisa.

–Este no es el mejor lugar para decir esto; pero no puedo esperar más. Meggie... ¿cómo te sentirías si te dijera que te amo?

Antes de tener tiempo para pensar, sintió que los ojos se le llenaban de lágrimas. Sin poder decir nada, las lágrimas empezaron a correr por sus mejillas.

–Meggie, *cara* –el tono de Cesar parecía sorprendido–. ¿Qué he hecho? Lo siento, no quería molestarte así, solo...

–Solo acabas de decir la cosa que más deseaba oír en el mundo –intervino ella rápidamente–. ¡Oh, Cesare! ¿Lo dices en serio?

–¿Acaso lo dudas? Sí, sí... claro que te amo.

Megan se lanzó a sus brazos y lo besó con fuerza.

A los dos les costaba respirar y sus corazones latían más deprisa de lo normal.

Megan estaba radiante, con el corazón henchido de felicidad.

–¿Sabes cuánto tiempo he deseado que dijeras eso? ¿Cuántas veces lo he soñada? ¿Todo lo que he rezado para oírte decir esas palabras?

–Pero dijiste que vivir aquí era como estar en una prisión.

–Vivir aquí, «sin tu amor», era como una prisión –lo corrigió Megan con suavidad–. Con tu amor... es el único sitio donde deseo estar.

–Entonces, ¿no escuché mal? Lo que le dijiste a Rowell sobre el amor...

–Sí, escuchaste bien, cariño. Nunca sentí nada por él porque, en lo más profundo de mi corazón estabas tú.

–Meggie. Siento tanto lo que pasó en Noche Vieja. Si llego a saber que te iba a hacer tanto daño...

Ella le puso un dedo sobre los labios para acallarlo.

–Ahora sé por qué lo hiciste. Le habías dado tu palabra a mi padre. Ahora sé que podremos ser felices para toda la vida.

–Eso espero –le dijo él con fervor–. Necesitaré toda la vida para demostrarte lo que siento.

–Cesare –le dijo ella cuando él la soltó–. ¿Qué es lo que te dijo Gio?

–¿Cuando me hizo darme cuenta de lo idiota que era? Es muy sencillo. Me dijo que desde que Lucía había muerto no pasaba ni una noche sin que deseara poder decirle que la quería una vez más. Cuando me dijo eso salí disparado para acá.

–Llegaste justo a tiempo –dijo Megan y los dos sabían que no se refería solo a Gary Rowell.

–Lo sé.

Él la agarró de la mano y la miró a los ojos.

Megan, mi amor, ¿en serio te vas a quedar conmigo? ¿Podremos ser un matrimonio de verdad?

–No hay nada en el mundo que desee más

La cara de Cesare reflejó el alivió que sentía y una maravillosa sonrisa se dibujó en sus labios.

–Entonces, creo que por fin estamos listos...

–¿Listos para qué? –preguntó ella con curiosidad, pero él no le respondió.

–Ahora lo verás. Ven conmigo.

La llevó escaleras arriba hacia una puerta al final del pasillo. Sacó una llave del bolsillo y abrió la puerta. Cuando ella se fue a asomar, él la agarró del brazo.

–Espera.

–¡Cesare! –exclamó ella cuando él la tomó en brazos.

Si antes había estado sorprendida, ahora estaba atónita. Miró a su alrededor incrédula, reconociendo todos los muebles, la cama, las cortinas...

–¡Es tu habitación de Inglaterra! –exclamó ella y él asintió en silencio.

–Aquí es donde debimos pasar nuestra luna de miel. Hice que me trajeran todo de Londres con la esperanza de que este día llegara.

La llevó a la cama y se tumbó a su lado.

–¿Sabes, mi amor? Nunca tuve la noche de bodas que deseaba. La que me hubiera gustado que tú tuvieras. Mis intenciones eran declararte mi amor.

–Puedes hacerlo ahora.

–Eso es lo que pienso hacer. Porque deseo decirte que te amo con cada fibra de mi ser, con todo mi corazón y que así será siempre. Te amo más que a la vida misma, eres mi razón de vivir, la luz que me alumbra cada día. Y si puedo empezar cada día diciéndote cuánto te quiero, entonces no importará lo que pase después, porque ya seré feliz.

–¡Oh, Cesare! –suspiró Megan, abrazándose a él. Pero para su sorpresa, él la apartó un poco.

–Eso no es todo. Después, pensaba tomarte en mis brazos e iba a besarte la cara... el pelo... los ojos... –le dijo él, mientras la besaba.

–¿Y después? –suspiró ella.

–Después iba a quitarte la ropa... –le explicó, mientras empezaba a desabrocharle la blusa–. E iba recorrer cada centímetro de tu piel con mis labios.

–¿Y después? –preguntó ella sin aliento.

–Iba a acariciarte los pechos, a besarlos, a chuparlos...

No pudo seguir hablando porque su boca estaba ocupada en hacer lo que acababa de describir.

Los dos se perdieron en la pasión y las palabras empezaron a sobrar. Necesitaban sellar su amor con un acto perfecto de unión.

Y así fue: realmente perfecto.

Suave y lento, y muy sensual. Y cuando los dos alcanzaron el momento cumbre, ella supo que aquel era el mejor comienzo posible para su verdadera vida de casados.

–Mi amor –susurró Cesare, bastante tiempo después, cuando logró calmarse un poco y recobrar la capacidad de pensar–. ¿De verdad estás embarazada?

–Sí. Fui al médico para que me lo confirmara. Aquí está nuestro hijo, mi amor –dijo ella, llevándole la mano hacia su vientre.

El suspiro de felicidad que escapó de los labios de él parecía proceder directamente del corazón.

–Entonces creo que ha llegado el momento de esto...

De debajo de la almohada sacó una caja forrada de terciopelo. En su interior había un anillo con un rubí en forma de corazón

–¡Cesare! –exclamó ella sin aliento –Es maravilloso, pero...

–Iba a dártelo antes de quedarnos dormidos –le explicó–. Es el anillo de compromiso que nunca tuve la oportunidad de darte.

Él la miró a los ojos con intensidad y le dijo:

–Amor mío. ¿Quieres casarte conmigo?

Ella le sonrió llena de felicidad.

–Por supuesto, cariño. La respuesta es sí.